KB094893

회사원
마스터
Businessman
Master

회사원 마스터 5

에바트리체 장편 소설

초판 1쇄 찍은 날 § 2015년 8월 3일
초판 1쇄 펴낸 날 § 2015년 8월 10일

지은이 § 에바트리체
펴낸이 § 서경석

편집책임 § 이창진

펴낸곳 § 도서출판 청어람
등록번호 § 제387-1999-000006호
등록일자 § 1999. 5. 31
어람번호 § 제2-2191호

주소 § 경기도 부천시 원미구 부일로 483번길 40 서경B/D 3F (우) 420-822
전화 § 032-656-4452 팩스 § 032-656-4453
http://www.chungeoram.com
E-mail § chungeorambook@daum.net

ⓒ 에바트리체, 2015

ISBN 979-11-04-90347-2 04810
ISBN 979-11-04-90281-9 (세트)

FUSION FANTASTIC STORY

에바트리체 장편 소설

회사원 마스터

⑤

Businessman Master

도서출판
청어람

목차

제1장

반격의 시대

"후우~"

기나긴 한숨을 내쉬면서 거친 호흡을 고르기 시작하는 민철.

가볍게 어깨를 풀기 시작하는 그였지만, 문제는 그의 주변 환경이었다.

"켁켁……."

"콜록……!"

기친 신음과 기침을 토해내는 덩치 큰 남자들이 여기저기 바닥과 친밀도를 다지고 있었다.

방금 전, 민철을 묵사발 내주겠다고 호언장담을 하던 남자들이었으나, 그 호기는 채 몇 분이 이어지지 않았다.

아니, 고작해야 초 단위?

그들의 말이 끝나자마자 민철의 주먹이 가장 선두에 있던 녀석의 안면에 꽂힌 것을 필두로 순식간에 다수의 녀석들에게 작렬한 단 한 번의 주먹질만으로 상황이 이 지경까지 온 것이다.

한 방 한 방의 펀치력도 펀치력이었지만, 노리고 때린 곳이 전부 다 명치였기에 회복을 하려면 꽤나 오래 걸릴 것이다.

"몸풀기도 안 되는구만."

레디너스에서는 목숨을 걸고 적국의 병사들과 직접 대면한 적도 있다.

그것에 비하면 건달들과의 주먹다짐은 오히려 우스울 지경이다.

전장과 골목길.

이미 싸움에 임하는 각오 자체가 달랐다.

"주먹을 휘두를 때에는, 상대를 죽이겠다는 각오 정도는 품으라고. 그래야 좀 더 살기를 품은 일격이 될 테니까."

능숙한 중국어를 뽐내면서 상대에게 충고 아닌 충고를 던져 주는 민철이었다.

그가 이런 말을 한다 해도 이들의 주먹은 결코 살상용 주먹이 되지 못한다.

고작해야 견제용이라고 해야 할까.

"……."

구석에서 바들바들 떨고 있는 소년에게 다가간 민철.

혹시나 자신에게도 위해를 가하지나 않을까 겁을 지레 먹은 소년이 뒷걸음질을 친다.

그 순간, 어두운 골목길의 환경 탓인지 제발에 걸려 넘어진 소년이 무릎에 상처를 입는다.

자연스럽게 손을 뻗는 민철.

두 눈을 질끈 감은 소년이었지만, 어느 순간 겁보다는 다른 감촉이 느껴진다.

"다 됐다."

상처 입은 무릎이 말끔하게 나은 것이다.

민철의 손이 닿는 순간, 밝은 빛이 나더니 이내 멍이 들 거라 예상했던 상처가 흔적도 없이 자취를 감추게 되었다.

놀란 눈으로 민철을 올려다보는 소년.

그러나 민철은 그저 싱긋 웃으며 소년의 머리를 쓰다듬어 준다.

"다음부터는 나쁜 행동 하지 말고 올바르게 크거라."

"……."

"아참, 그리고……."

소년에게서 발길을 돌린 민철이 손가락으로 한 남자를 가리킨다.

"거기 너."

"예!"

자연스럽게 상대를 우러러보는 듯한 말투가 튀어나온 남자가 곧장 민철에게 다가가 굽신거리기 시작한다.

"무, 무슨 일이신지……."

"돈은 둘째 치고, 내가 여기서 잠깐 회사 업무 때문에 출장을 와 있는 상태거든."

"그, 그러십니까……."

"그래서 말인데."

민철이 주변에 널브러져 있는 남자들을 바라보며 넌지시 이들에게 한 가지 제안을 한다.

"아르바이트할 생각 없나?"

호텔로 돌아온 민철.

그의 스마트폰에 한 통의 전화가 걸려온다.

"…이런."

로비로 들어서자마자 다시 나가게 생긴 탓에 민철의 심기는 그다지 편해지지 않게 된다.

그것보다도 전화를 걸어온 상대방이 더 문제다.

바로 서진구 회장 대리.

그가 왜 이 시간에, 그것도 직접적으로 민철에게 전화를 걸어왔는지에 대해서는 사실 민철도 어렴풋이 잘 알고 있었다.

오히려 이쯤 되면 자신에게 전화가 걸려올 거라는 사실도 이미 인지하고 있었기에 새삼 놀라운 일도 아니었다.

"여보세요."

로비로 나온 뒤 통화 버튼을 누르자, 서진구의 목소리가 들려온다.

—나일세.

"예, 무슨 일이십니까?"

—솔직하게 묻도록 하지.

서진구의 목소리에 살짝 강경한 힘이 들어가 있다. 아마도 결코 좋은 의도로 전화를 한 건 아니리라.

—자네, 회장님의 손녀딸에 대해 알고 있나?

"……."

역시.

예상했던 질문이 들어온다.

예지에 대해서 직접 자신에게 이런 식의 연락이 올 거라고는 이미 민철도 예상하고 있는 바였다.

그가 예지를 보호하고 있는 사설 보디가드들과 접촉을 시도한 순간부터 이미 민철은 예지가 어떠한 인물인지 감을 잡았다는 것을 그들에게 대외적으로 보여주는 꼴이 되어버렸기 때문이다.

그간 한예지가 한경배 회장의 딸이라는 사실을 자신 혼자서 독점해 왔던 민철.

그러나 그것도 전부 한경배 회장, 스스로가 이 위기를 초래

하게 되었다.

애초에 그녀에게 대놓고 경호원을 붙였으면 안 될 일이었다.

물론 청진그룹 인재들을 보호한다는 명목하에 경호원을 몇몇 붙여놓은 건 이해할 수 있다. 하나 만약 그랬다면 진작부터 그 전례를 만들어갔어야 했다.

뜬금없이 갑자기 경호원을 붙인다?

바보가 아닌 이상이라면 그 조치부터 의심하고 볼 일이다.

실제로 눈치가 빠른 구 부장도, 그리고 회사 내의 인사 관계 정보가 밝은 남성진도 벌써부터 경호원의 존재를 보고 무언가를 의심하고 있었다.

한경배 회장의 과도한 손녀딸 사랑이 의심의 포문을 열었다.

"예, 알고 있습니다."

―…그렇군. 위험한 정보를 알게 되었구만.

"저도 그렇게 생각합니다."

―그런데 어째서 자네가 예지 양이 회장님의 손녀딸이라는 것을 알고 있다는 사실을 어필했지? 내 입장에서는 납득이 안 가는군.

"그건 말씀드릴 수 없습니다. 하지만 이것만은 알아두셨으면 좋겠습니다. 실수가 아니라 의도된 행동이었다는 것을요."

—…….

서진구가 말을 아끼기 시작한다.

민철은 머리가 좋은 남자다. 분명 그도 아무런 생각 없이 경호원에게 접촉하지 않았을 것이다.

도대체 무엇을 의도하고 있는 것인지 서진구로서는 알 재간이 없다. 왜냐하면 민철과 직접 만날 수도 없을뿐더러 중국 출장을 가 있는 사람에게 이것저것 캐물을 수 없는 환경이기 때문이다.

여기서 계속해서 서진구와의 통화를 유지한다면 다른 이들에게 의심을 살 가능성이 크다.

—일단 알겠네. 자네를 믿도록 하지.

"감사합니다."

—하지만 회장님과 예지 양과의 관계는 결코 외부에 발설하지 않는 편이 좋을 게야. 비록 회장님이 자네를 높게 평가한다 하더라도, 그것과 이것은 엄연히 별개의 일이니까. 회장님의 심기를 일부러 건드리는 일은 하지 않았으면 좋겠네.

"숙지하겠습니다."

—그럼 출장 수고하게.

"예, 감사합니다."

통화를 마친 뒤, 민철이 쓴웃음을 지으며 스마트폰을 다시 정장 재킷 안에 넣는다.

민철이 일부러 자신이 예지와 한경배 회장과의 관계를 알고 있다는 것을 어필한 점은 이것 때문이다.

민철을 함부로 터치하지 못하게 만들기 위해서다.

한경배 회장의 입장에서 보자면 민철은 회사 기밀보다도 더한 비밀을 가지게 된 셈이다. 그런 그에게 한경배 회장이 과연 위해를 가할 수 있을까?

그것은 현실적으로 힘들다.

민철이 조금만 입을 발설하게 되면, 한경배 회장과 예지의 관계는 금방 탄로가 날 것이다.

예지를 끔찍이도 아끼는 한경배 회장으로서는 가장 피하고 싶은 루트다.

즉, 민철이 알고 있는 이 정보는 민철을 한경배 회장의 횡포로부터 보호해 줄 수 있는 일종의 보험 역할을 하게 될 것이다.

그렇게 되면 한경배 회장도 결코 민철을 신경 쓰지 않으려야 않을 수가 없게 된다.

이건 필히 나중에 커다란 이점으로 작용할 것이다.

남성진이라는 인물과 훗날 회사의 정점을 두고 싸우게 된다면, 최대한 민철이 이용할 수 있는 요건은 이용해야 한다.

그는 남성진에 비해서 집안 배경이 좋은 것도, 아무것도 없기 때문이다.

그저 처세술과 말발로 살아남아야 하기에 사전에 작업을 해두는 편이 좋다.

"자, 그럼……."

로비로 들어선 민철이 호텔 엘리베이터를 향해 발걸음을 옮긴다.

"가서 쉬도록 할까."

엘리베이터를 타려는 순간.

"앗차."

뭔가를 잊은 모양인지 갑자기 한숨을 내쉰다.

"맥주 사 온다는 걸 깜빡했네."

다음 날 아침.

호텔에서 간단하게 세면 세족을 마친 뒤 근처에서 열릴 가전제품 박람회 현장을 찾게 된 청진그룹 인사들.

저녁 늦게 도착한 차 실장과 국제부 팀원들이 이것저것 현장에 위치하던 가전제품 박람회 스태프들과 이야기를 나눈다.

"어마어마하게 넓네요."

호수가 손 그늘을 만들며 햇빛을 피함과 동시에 혼잣말을 내뱉는다.

역시 중국답다고 해야 하나.

행사장의 규모 자체도 크고, 행사에 참여하는 부스의 숫자 또한 만만치가 않다.

한국 기업 전용관뿐만이 아니라 다른 국가에서 참가하는

나라의 관도 따로 마련될 예정이다.

"중국에서는 한국 제품이 인기 있다고 하니까, 우리 쪽 관도 비교적 사람들이 수월하고 많이 올 수 있는 부스 위치로 배정될 거다."

구 부장이 껌을 쫙쫙 씹으면서 부연 설명에 임한다.

"그리고 동시에 다른 중국 기업들로부터 엄청나게 모방을 당하겠지."

"하하하."

그저 어이없는 웃음이 절로 튀어나온다.

오죽하면 이 박람회의 목적이 한국 기업의 기술력을 훔쳐오기 위해 의도된 것이 아닐까 하는 생각도 들 지경이었다.

그렇다 하더라도 박람회에 불참하는 것 또한 이런저런 연유로 불가하다.

중국에서 열리는 대규모 박람회 자체가 소비 시장이 어마어마하기 때문이다.

비록 대기업인 청진그룹이라고 하지만, 대기업이기 때문에 이런 행사에 참가를 해야 한다는 압박도 있다.

언제까지 독재자의 위치에 있을 수는 없다. 정상의 자리에서 오랫동안 머무를 수는 있어도, 평생 머무를 수는 없기 때문이다.

그렇다면 최대한 오랫동안 그 자리를 유지하기 위해서는 다른 기업들에게 뒤처지지 않을 만큼 많은 활약상을 보여줘야 한다.

박람회 출전 역시도 그 일환의 연장이다.

"내일산업의 위치는… 어디 보자."

구 부장의 입장에서도 아무래도 내일산업 쪽이 신경 쓰이는 모양인지 부스의 위치를 확인한다.

어찌 보면 태봉의 원수라 할 수 있는 기업이지만, 증거가 없기에 뭐라 태클을 걸지도 못한다.

"우리 부스 대각선에 위치해 있군요."

구 부장을 대신해 민철이 금방 내일산업의 부스 위치를 파악한다.

"가깝네."

"그러게요."

"확 가서 행패라도 부릴까?"

"하하, 그것만은 참아주시기 바랍니다, 구 부장님."

"농담이라고. 만약 진짜로 그런 짓을 벌였다간, 곧장 회사에서 짤릴걸?"

태봉이 퇴사를 당한 건 결과적으로 어쩔 수 없다.

이제 와서 내일산업에게 태봉에 대한 일화를 늘어놓으며 행패를 부린다 하더라도 퇴사당한 태봉이 다시 청진 그룹으로 올 수는 없기 때문이다.

남은 사람들끼리 최선을 다할 수밖에.

스태프들로부터 부스에 관한 위치 설명, 기타 박람회 때 주의해야 할 사항 몇 가지를 듣고 있을 무렵.

"…음?"

박람회 스태프 한 명이 청진그룹 인사팀의 영진에게 다가와 묻는다.

"실례합니다. 혹시 이 사람도 일행인지……."

"네?"

중국 말을 잘 못 하는 영진이었기에 스태프가 무슨 말을 하는지 못 알아듣겠다는 표정을 지어 보인다.

그때, 민철이 미리 스태프에게 다가가 말한다.

"예, 제 일행입니다."

"……."

스태프가 의심의 눈초리로 바라보지만, 이것보다 더 바쁜 일이 있는 모양인지 별다른 태클을 걸지 않고 자리를 뜬다.

민철에게 다가온 남자.

"명대로 왔습니다, 형님."

그 남자는 바로 어제, 민철에게 한 방에 나가떨어졌던 소매치기 조직의 보스였다.

*　　　*　　　*

"왔습니다, 형님."

"그래, 잘 왔다."

민철이 덩치 큰 남자의 어깨를 토닥여 준다.

도대체 누구일까.

구 부장이 궁금증을 품고서 슬쩍 민철에게 다가가 묻는다.

"이 주임, 저 사람은 누구야? 못 보던 사람인데."

"아, 이 녀석 말입니까?"

민철이 빙그레 웃음을 지으며 덩치남의 어깨를 다시 한 번 토닥여 주고선 별거 아니라는 듯이 가볍게 말한다.

"어제 호텔 근처에서 사귀게 된 새로운 현지인 친구입니다."

"친… 구?"

"예, 그렇습니다."

"친구치고는 뭐라고 할까… 굉장히 험악하게 생긴 남자로구만. 마치 조폭… 어흠. 아닐세, 아니야."

괜히 남자가 조폭이라는 단어를 알아들을까 봐 겁이 난 구 부장이 말의 화두를 돌리기 시작한다.

그렇다고 해봤자 중국인인 이 덩치남이 구 부장의 말을 알아들을 수는 없을 것이다. 이들은 그저 뒷골목에서 소매치기 집단으로 살아가는 바닥 인생일 뿐이지, 한국어를 마스터할 만큼 교육을 받은 일은 없을 것이었다.

"아무쪼록 다른 사람들 눈에는 잘 띄지 않게 하는 게 좋을 거야. 본래 여기는 관계자들만 들어오는 곳이니까 말이야."

"명심하겠습니다."

"더욱이 우리의 그 유명한 부사장님의 아드님도 계시잖냐. 괜히 찍히면 아무리 자네라 하더라도 내가 커버 칠 수 있는 범주의 한계가 있다고."

"그것도 잘 알고 있습니다."

구 부장이 민철을 잘 아낀다는 건 민철 스스로도 이미 숙지하고 있는 상황이다.

하지만 남성진에게 찍힐지도 모른다는 우려는 굳이 할 필요가 없다.

왜냐하면.

'찍혔다고 한다면, 진작에 찍혔겠지.'

이미 회사 면접을 보기 위한 단계에서 남성진에게 못 볼 꼴, 그리고 굴욕 등을 다양하게 선사했던 민철이다.

이제 와서 남성진의 시야 바깥에 나는 게 두려워 몸을 사린다는 건 오히려 말이 안 된다.

그래도 구 부장의 말은 따라야 한다.

왜냐하면 전혀 상관도 없는 소매치기 리더를 행사장 안에서 어슬렁거리게 만들 이유는 없기 때문이다.

바깥으로 데리고 가야 한다.

하지만 그전에.

"어이, 덩치."

"예, 형님."

이미 이름으로 불리기를 포기한 남자, 덩치가 중국 말로 민철의 말에 대답하며 그를 따른다.

"저쪽에 있는 부스 위치, 잘 기억해 둬라."

"알겠습니다… 근데 무슨 일로…….."

"그냥 기억이나 잘해둬. 혹시 길치라든지 기억력이 금붕어 기억력이라든지 그러진 않겠지? 만약 그렇다면 비 오는 날 먼지 나도록 패주면서 교육을 시켜주마."

"아, 아닙니다! 기억력 좋습니다! 소매치기 하려면 적어도 도주로라든지 그런 건 다 기억해 둬야지 말입니다. 하, 하하하!"

"흠, 그렇군."

그래도 소매치기 자체는 나쁜 행동이다.

그 점에 대해서는 주의를 주고 싶긴 하지만, 그것보다도 민철이 먼저 행해야 할 일이 있기에 덩치남에게 다시 한 번 확인을 시킨다.

"부스 위치 잊지 마라."

"예, 형님!"

"그럼 됐으니 나가봐라."

"……."

잠시 멀뚱멀뚱 민철을 바라보기 시작하는 덩치남.

뜬금없이 민철만 바라보는 덩치남의 행동에 민철이 뭐하나는 식으로 퉁명스럽게 질문을 던진다.

"행사장 안 나가고 왜 멍때리냐?"

"저기……."

머쓱하게 머리를 긁적이던 덩치남이 어색한 웃음과 함께 이런 질문을 던진다.

"나가는 문이 어디인지……."

"……."

정말로 기억력이 좋은 건지, 아니면 그저 허세를 떤 것인지 민철로서는 알 방법이 없었다.

그렇게 박람회 사전 장소 방문이 거의 끝나갈 무렵이었다.

"어이쿠, 피곤하다~!!"

기지개를 쭉 펴면서 피로를 토로하기 시작하는 남자, 문호태.

내일산업 마케팅부에서 부장직을 맡고 있으며, 조만간 벌어지게 될 박람회에서 각종 브리핑과 더불어 업계 관계자들을 상대로 영업까지 도맡아야 할 중책을 소화해야 한다.

"출장 한번 갔다 오면 몸에 골병이 든다니까."

투덜거리기 시작하는 호태에게 직장 동료로 보이는 남자가 작게 웃으면서 말한다.

"다른 사람들에게는 안 들리게끔 주의해."

"불평불만도 함부로 못 하겠구만."

"괜히 이런저런 소문 나봤자 너만 안 좋으니까. 동기로서 충고해 주는 거다."

"쳇, 나도 알고 있어."

회사원은 자고로 힘들더라도 대놓고 외부로 티를 내면 안 된다.

괜히 그러다가 높으신 분의 눈에 걸리기라도 한다면, 그 자리에서 '영원히 쉬게 해주마'라는 강도 높은 배려심으로 인해 집에서 쭉 쉬게 되는 날을 맞이하게 될 수도 있으니 말이다.

"근데 바로 근처에 청진그룹 부스가 있던데, 괜찮으려나 모르겠다."

"뭐가."

"우리가 그쪽 홍보팀 막내 통해서 슬로건이라든지 캐치프라이즈 빼돌린 거 이미 그쪽에서도 눈치챈 거 아니냐. 그래서 그 사람 퇴사시켰잖냐."

"뭐 어쩌겠어. 실질적인 증거도 없는데. 걱정하지 마라."

호태는 자신의 동기와는 다르게 별다른 큰 걱정이 들진 않는 모양인지 연신 기지개를 펴 보인다.

"그리고 우리가 설사 그런 짓을 했다고 한들, 여기는 중국이다. 지들이 어떻게 하겠냐?"

"하긴, 그렇긴 하다."

"법적 고소 절차가 들어간다고 한들 증거도 없고, 우리 쪽에서는 딱 잡아떼면 될 일이니까 그건 신경 쓰지 말고 박람회

때 어떻게 다른 회사한테 우리 물건 팔아먹을지나 고민해라. 안 그래도 사장님이 청진그룹 견제하라느니 어쨌느니 하는 말도 안 되는 소리 하는 통에 짜증 나 죽겠으니까 말이다."

"하하하, 알았다, 알았어."

박람회는 결국 중국 기업들에게 한국의 제품을 팔아먹기 위한 하나의 시험 무대와도 같다.

최대한 자신들의 제품을 어필해서 외국 바이저에게 팔아 먹는 것이 이번 박람회의 목적이다.

게다가 청진그룹은 글로벌 대기업이다. 애초에 브랜드의 파워 자체가 다르다.

그래서 이번 중국 박람회를 위해 내일산업은 무리를 해서 라도 청진그룹을 견제하기 위해 스파이를 파견하게 되었다.

그 스파이 짓의 궁극적인 목적은 바로 이번 중국 박람회.

유명하디유명한 청진그룹이 설마 누군가에게 견제를 당할 거라고 생각을 했겠는가. 그 허점을 내일산업은 제대로 파고 든 셈이다.

중국 시장은 한국 소비 시장에 비해 거의 몇 배는 크다고 할 수 있다. 여기서 제대로 중국인들에게 어필을 하면, 적어 도 중국 가전제품 시장에서만큼은 청진그룹의 점유율을 압도 할 수 있을 것이다.

결코 그 목표가 꿈이 아니기에 내일산업은 도박수를 던진 것이다.

"그럼 내일산업답게 내일 힘을 내보자고."

"하하하, 재미없다, 그 개그. 말 그대로 부장님 개그고만."

"부장이 하니까 부장님 개그지, 아니면 뭐냐."

"됐다, 됐어."

그렇게 내일산업도 나름대로 의기투합을 하며 박람회 바깥을 나선다.

하나, 거리를 두고 이들의 대화를 몰래 엿듣고 있던 인물이 있었다.

'과연……'

분명 거리상으로는 대화가 들리지 않아야 정상이다. 그만큼 상당수의 거리가 떨어져 있음에도 불구하고 몰래 대화를 청취하고 있던 자, 이민철은 고개를 끄덕이며 이들의 대화를 곧이곧대로 받아들인다.

청진그룹 관계자들은 이미 빠져나간 지 오래다. 내일산업은 일부러 청진그룹 관계자들과 사전에 마주치지 않게 하기 위해서 비교적 늦은 시간에 박람회 현장을 찾게 되었다.

민철은 일부러 박람회에서 볼일이 있다고 하고서 여기저기 부스를 돌아다니는 척을 하며 내일산업 사람들이 부스에 오기만을 기다리고 있었다.

그리고 그 성과는 대성공이었다.

'내가 차지할 회사에 누를 끼치는 녀석들은 미리 호되게 혼을 내주는 편이 좋겠지.'

청진그룹을 말 그대로 먹을 생각을 하고 있는 이민철이다. 미래에 자신의 회사가 될 곳에 감히 겁도 없이 승부를 걸어온 대가를 톡톡하게 치르게 하겠다는 것이 그의 목표였다.

그리고 이렇게 혼쭐을 내줘야 훗날 청진그룹을 견제하겠다는 발상 자체가 떠오르지 않게끔 만들어줄 수 있다.

영원한 독과점 기업은 없지만, 그래도 최대한 오래 글로벌 대기업이라는 명칭을 유지해야 한다.

그래야 민철이 청진그룹을 나중에 차지하는 의미가 있기 때문이다.

괜히 고차원적인 존재와의 내기를 통해서 이 세계의 정점을 노리고자 청진그룹을 드디어 자신의 것으로 만들었는데, 훗날 청진그룹이 세계 경제 점유율 1위가 아니게 된다면 그 내기는 무산이 될지도 모른다.

그러한 불안 요소는 사전에 차단을 해두는 편이 좋다.

'회사 내에서 성장하는 것도 짜증 나는데, 외부 녀석들까지 견제를 해야 하다니.'

아직 주임이라는 위치만으로 많은 제한이 걸릴 법한 일이지만, 그래도 해내야 한다.

왜냐하면.

레이폰 더 데스사이드 아니겠는가.

레디너스 대륙에서 말발 하나로 최강이라는 칭호를 얻은 그다. 충분히 가능한 일임을 믿고서 곧장 자리를 뜬다.

한편.

호텔로 돌아온 남성진은 결코 편안한 시선으로 청진그룹 인사들을 바라볼 수 없었다.

다른 사원들은 모르겠지만, 자신의 아버지인 남우진으로부터 한 가지 정보를 들었기 때문이다.

'한경배 회장의 손녀딸이 네 동기 중에 있을지도 모른다는 말을 들었다.'

솔직히 그 말을 들었을 때, 남성진은 적지 않은 충격을 받을 수밖에 없었다.

하필이면 많고 많은 기수 중에서 자신의 동기라니.

남성진은 동기들 중에서도 총무를 맡고 있다. 물론 총무부에 있어서 총무를 맡고 있다는 의미가 아니라, 동기들끼리 모임을 주도하거나 혹은 NET를 대비해 영어 공부를 할 일이 있으면 시험 모임 같은 것도 주도하는 중추 역할을 담당하고 있다.

그래서 여타 다른 동기들에 비해 성진은 자신의 동기들과 많은 접촉을 하고 있었다.

그런데 설마 그중에서 베일에 감싸여 있는 한경배 회장의 손녀딸이 있을 줄이야.

'그렇다면 후보는 급격하게 줄어든다. 적어도… 6명 정도 되는 건가.'

게다가 그 6명 중에서 이번 중국 출장을 온 여성은 단 두 명뿐이다.

그중에 남성진이 유독 의심을 하고 있는 인물은 바로…….

한예지다.

아주 간단하게 추론할 수 있다.

한경배 회장과 한예지.

성씨가 같지 아니한가.

'설마 저 여자가 한경배 회장의 손녀딸일 줄이야.'

물론 자신의 아버지가 준 정보가 100퍼센트 사실이라는 전제하에 한예지가 한경배 회장의 손녀딸이라는 것이 증명된다.

정보의 사실 유무에 따라 판별된다고 볼 수 있지만, 만약 그 정보가 사실이라면 한예지밖에 없다.

게다가 보디가드들의 합류.

이것은 남우진이 제공한 정보에 신빙성을 더해준다.

즉.

한경배 회장의 딸은 한예지다.

'설마 중국 출장을 통해서 이런 고급 정보를 얻게 될 줄이야.'

마이페이스를 유지하는 성진이었지만, 속으로는 마구 웃음을 터뜨리고 싶은 기분이었다.

손녀딸에게 정신이 팔린 나머지 오히려 한예지가 자신의

손녀딸임을 광고하게 된 셈이다.

한경배 회장의 명백한 실수다.

대기업의 총수라 하더라도 한경배 회장은 결코 냉혈한이 아니다. 능력 위주로 회사를 운영해오며 자신의 신념을 관철했을 뿐이지, 결코 냉정하고 냉철한 사람은 아니라는 뜻이다.

손녀딸에게 정이 가는 걸 결코 막을 수 없었다. 그게 한예지의 신분을 드러내게 된 꼴이다.

문제가 있다면.

'이 정보를 어떻게 이용하느냐에 따라 달라지겠군.'

뷔페를 즐기면서도 남성진은 메뉴를 고르는 데에 정신이 팔린 게 아닌, 정보 이용 선택권을 고르느라 고민에 빠지고 있었다.

*   *   *

남성진이 한예지의 정체를 파악했을 무렵.

민철은 박람회 때 자신이 몰래 포진해 둔 소매치기 집단 인원들의 점검과 더불어 할 역할을 다시 한 번 상기시킨다.

'이대로라면… 완벽하군.'

고개를 끄덕이는 민철에 취침에 들어간다.

구 부장은 다른 부실 부장급들과 한잔하러 자리를 비운 상태고, 호수의 경우에는 너무 피곤한 나머지 곧장 곯아떨어진 상황이다.

이른 취침이긴 하지만, 내일을 대비해 미리 잠을 자두는 것도 나쁘지 않을 것이라 판단한 민철.

이불을 머리 근처까지 끌어 올리고 평온한 잠에 빠져들기 시작한다.

그리고 박람회 당일.

"사람 기가 막히게 많구만~!"

구 부장이 탄식을 터뜨리면서 박람회의 전반적인 전망을 평가한다.

말 그대로 사람 지옥이다.

길가에 널브러져 있는 돌멩이보다도 오히려 사람이 더 많다 표현해도 전혀 부족함이 없을 정도다.

역시 중국이라고 해야 할까.

세계 인구의 4분의 1을 차지하고 있다는 말을 민철도 미리 들은 바가 있었기에 세삼 이렇게 직접 눈으로 확인하니 놀랄 수밖에 없었다.

'레디너스에도 이런 대규모 국가가 있었나 싶을 정도군.'

세력이 강대한 나라는 있었지만, 이렇게 한 나라에 인구가 많은 나라는 민철로서는 본 적이 없다.

그야말로 인산인해(人山人海)를 이루고 있는 박람회.

그만큼 중국 내에서는 가전제품에 대한 관심도가 높다고

할 수 있다.

특히나 단순히 구경을 온 사람들은 둘째 치고 청진그룹 인사들이 잡아야 할 인물들은 따로 있다.

바로 중국에서 활동 중인 사업가들.

이들에게 자신들의 물품을 유치시키는 것이 이번 박람회의 가장 큰 목적이라 할 수 있다.

즉, 출장도 영업의 일환이다.

"황고수 부장이 왔으면 참 좋았을 터인데."

구 부장이 오른손으로 따가운 햇빛을 가리는 손 그늘을 만들어 보이며 혼자서 중얼거리기 시작한다.

영업 1팀을 총괄하고 있는 황 부장이 있었다면 박람회가 더 수월하게 흘러갔을지도 모른다.

하나 영업팀이라 함은 본래 외근을 밥 먹듯 하다시피 하는 부서 아니겠는가.

외근 때문에 이번 출장에서는 황고수 부장이 명단에서 제외되었다.

다른 사람이 외근을 뛸 수 있었지만, 중국 박람회만큼 황 부장이 참가해야 하는 미팅 역시도 중요했기에 이렇게 출전 명단에서 제외된 것이다.

아쉬움을 토로하며 박람회에 입장하기 시작하는 청진그룹 인사들.

"지나갑니다, 지나가요!"

가장 먼저 앞선 차 실장이 사람들의 무리를 파고들면서 청진그룹 부스를 향해 점점 앞으로 나아가기 시작한다.

국제부에게 배운 짧은 중국어를 이용해서 겨우겨우 사람들을 부스 위치까지 인솔하는 데에 성공한다.

역시 차 실장이라고 할까.

그의 깐깐함은 중국 출장을 와서도 변함이 없었다.

"자, 그럼 이제 슬슬 준비를 해봅시다!"

"예!"

사원들이 일사불란하게 움직이기 시작한다.

남자 사원들은 주로 무거운 가전제품 샘플이라든지 아니면 기기 등을 이송하는 일을, 그리고 여성 사원들은 팸플릿 체크라든지 청소 상태, 그리고 필기구나 기타 사무 용품 체크 등을 도맡는다.

경영지원팀으로서 이런 일에 빠질 수 없는 한예지가 열심히 자신의 일에 몰두하기 시작한다.

한편, 다른 남자 사원들을 도와 냉장고를 옮기고 있던 성진의 시선이 절로 예지에게 꽂힌다.

'저 여자가 한경배 회장의 손녀딸이라는 건 기정사실이다.'

물론 자신의 추측이 도달했을 때에는 사실 놀랄 수밖에 없었다.

저렇게나 젊고 아름다운 미인이 한경배 회장의 손녀딸이

라니.

말 그대로 공주님 같은 가정환경에 뛰어난 외모와 몸매를 자랑하고 있었다.

실제로도 남자 사원들에게 인기가 매우 많은 여성 사원이기도 하다.

'이성적으로 꼬셔볼까.'

여자들에게는 그래도 제법 인기가 있는 남성진이다. 자신이 작업을 걸면 웬만한 여자들은 자신의 손에 넘어오는 편이기도 하다.

그래서 자신은 있긴 하지만, 과연 한경배 회장의 손녀딸에게 함부로 접근을 해도 되는지에 대한 여부는 아직 자신이 서질 않는다.

한경배 회장의 힘은 아직 굳건하다. 물론 남우진의 세력 역시 결코 뒤처진다고 볼 수는 없지만, 그래도 가급적이면 한경배 회장과 척을 지지 않는 편이 성진의 입장에서는 가장 이상적이라고 생각을 하고 있었다.

아직은 한경배 회장과 전면전을 펼치는 것은 시기상조다.

그렇게 생각했기에 우선 남성진은 예지에게 쉽사리 접근을 하지 않기로 결심한다.

굳이 보디가드들이 여기저기 활보하고 다니는데 그녀에게 접근을 해 의심을 살 이유는 없으니 말이다.

한편, 가전제품을 옮긴 뒤 민철은 주변 부스를 바라본다.

한국 기업도 꽤나 많이 참가를 한 편이기에 한국 기업 부스 코너 역시도 꽤나 큰 규모를 자랑하고 있었다.

물론 그렇다고 마냥 좋아할 수는 없다.

그만큼 자국에서 중국 시장을 노리고 파견된 경쟁 업체가 많다는 것을 뜻하니 말이다.

"그럼 슬슬……."

민철이 가볍게 옷깃을 고친다.

정장 차림을 갖춘 그가 천천히 구두 굽 소리를 내며 인근에 있는 내일산업으로 향한다.

"인사나 좀 해볼까."

혼자서 인사를 하러 가고는 싶지만, 고작 주임에 불과한 자신이 혼자서 가면 청진그룹 인원 모두를 얕보일 수 있기에 좀 직급이 높은 사람을 데리고 가는 편이 좋지 않을까 생각한다.

반(丰)영업팀 역할을 수행하기 위해 오게 된 구 부장이 이 역할에 가장 적합하다.

"구 부장님."

마침 음료를 마시면서 더위를 달래고 있던 구 부장에게 다가가는 민철.

"인근 부스들에 명함이라도 돌리고 와도 됩니까?"

"혼자서?"

"구 부장님께서 같이 가야 모양새가 난다고 생각하지만… 구 부장님이 피곤하시다면 저 혼자서라도 돌리고 오겠습니다."

"…어쩔 수 없지."

자리에서 일어서는 구 부장이 잠시 음료수 캔을 내려놓는다.

"어차피 한 번씩은 인사를 해야 하니까. 행사 시작 전에 미리 얼굴을 보는 것도 나쁘진 않겠지."

"괜히 구 부장님 괴롭히는 거 같아서 죄송합니다."

"됐다. 네가 굳이 말하지 않아도 언젠가는 하려고 했어. 네가 나한테 말했던 시기가 빨랐을 뿐이야."

눈치의 왕이라 불리면서 동시에 업무적인 일에서는 가급적이면 최선을 다하는 구 부장.

그렇기에 그가 아직까지도 철저한 능력제를 지키고 있는 청진그룹에서 살아남은 것이 아닐까 예측을 해본다.

이렇게 해서 민철과 구 부장, 두 사람은 이번 박람회 때 민철이 꾸린 책략에 제대로 넘어갈 내일산업에게 인사라도 할 겸 부스를 방문하게 된다.

마침 부스에서 한창 현장 정리를 하고 있던 문호태가 보인다. 그나마 아는 사람이 있어서 다행이라는 생각을 품은 민철이 천천히 그에게 다가간다.

"안녕하십니까, 청진그룹 홍보팀에서 인사차 왔습니다. 바쁘신가요?"

"아……."

잠시 짐 정리를 마치던 호태가 슬쩍 민철을 바라본다.

홍보팀이라니.

'설마……?!'

슬쩍 자신의 행적에 대해 찔리는 게 있는 모양인지 호태의 눈동자가 크게 흔들린다.

태봉에게 홍보팀으로부터 슬로건의 문구를 빼돌리라는 스파이 짓을 시킨 것은 다름이 아닌 호태다.

그런데 갑자기 그 홍보팀으로부터 접촉이 들어왔다.

평범한 일반인이라면 일단 견제부터 하고 볼 일이다.

그러나 대뜸 처음 만나는 사이인데도 불구하고 견제를 하는 태도를 취하게 된다면 그 사람에게 안 좋은 인상을 심어줄 수 있다.

"반갑습니다. 마케팅부 부장 문호태라고 합니다."

"청진그룹 홍보팀 구인성 부장입니다. 잘 부탁드립니다."

"저야말로… 대기업에 소속되어 있는 분께서 오시니 긴장되는군요. 하하!"

사람 좋게 웃음을 선보이는 문호태.

그와 동시에 구 부장이 속으로 쓴웃음을 짓는다.

이 사람도 포커페이스가 보통이 아니다.

하긴, 포커페이스 유지조차 힘들면 사람 대하는 직종에서 좋은 말을 들을 수는 없다.

게다가 엄밀히 따지자면 문호태가 불법을 저지른 것도 아니다.

법을 어긴 건 아니기에 저렇게 당당하게, 그리고 피해자의 입장인 청진그룹 입장에서 보자면 뻔뻔하고 의연하게 대처해 보일 수 있을 것이다.

"다른 부스에도 들러서 이것저것 인사차 명함이나 돌리고 있습니다."

"하하, 그렇군요."

구 부장이 슬쩍 웃으면서 자신의 명함을 내민다.

역시 같은 부장이 이렇게 말을 걸어줘야 모양새가 난다.

제아무리 민철이 능력 있는 인재라 하더라도 그의 현 직급은 기껏해야 주임에 불과하다.

부장과는 파워 자체가 다르다.

계급사회인 만큼 상대방과 동등해지기 위해서는 적어도 계급이 높은 사람이 직접 상대하는 편이 좋다.

그것을 생각했기에 구 부장도 귀찮긴 하지만 민철의 행보에 동행을 한 것이다.

"준비는 잘되어가십니까?"

"그럭저럭입니다. 짱깨 녀석들이 또 와서 잔뜩 모방을 해놓고 내 꺼라고 우기거나 하지만 않았으면 좋겠습니다."

"그럴 리가요. 너무 그렇게 걱정하지 마세요."

"이런, 내심 불안하긴 합니다만… 잘될 수 있을지 말이죠."

"제가 보기에는 충분히 잘될 거 같습니다. 아, 그리고 이 친구는……."

잠시 민철의 소개를 잊은 모양인지 구 부장이 손으로 민철을 가리키자, 스스로 알아서 자신의 소개에 임한다.

"마찬가지로 홍보팀에서 일하고 있는 이민철 주임이라고 합니다."

"젊으신 친구군요. 왠지 일 잘하게 생겼습니다그려."

"실제로도 잘한다고 나름 생각합니다. 물론, 내일산업의 인재분들에 비해서는 한참 부족하지만요."

농담조로 호태의 말을 받아주는 민철이었다.

"저희도 별거 없습니다. 그저 하루하루 근근이 살아갈 뿐이지요."

호태가 손사래를 치면서 민철의 말을 부정한다.

물론 약한 척을 하긴 해도, 내일산업의 가전제품은 청진그룹 소속팀 인원들이 봐도 괜찮다는 평이 많다.

그래서 가전제품 분야에 한정해서 청진그룹과 유일하게 대결을 펼칠 수 있는 게 바로 내일산업이다.

하지만 그 과정이 결코 깨끗하지가 않았다.

두 부장급들의 대화를 듣던 민철이 눈을 흘기며 내일산업의 부스를 둘러본다.

'여기도 결코 작은 규모는 아니군.'

하지만 규모가 크면 클수록 민철에게는 많은 도움이 될 것이다.

적어도 이번 박람회만큼은 말이다.

"아무쪼록 이번에 좋은 계약 따내실 수 있기를 기원합니다."

"청진그룹에서 응원을 받게 되다니. 오늘은 아마 덕분에 운수가 좋게 될 거 같습니다. 하하하!"

"정말 그렇게 되실 겁니다."

보이지 않는 신경전.

굳이 강태봉의 사건이 없어도 애초에 가전제품만을 놓고 따진다면 두 기업은 라이벌이다.

그런데 서로의 선전을 기원하다니.

누가 봐도 빈말임을 빤히 느낄 수 있다.

물론, 누구보다도 당사자들이 가장 잘 알고 있으리라.

뒤이어 구 부장을 따라 여기저기 돌아다니기 시작하던 민철이 자신도 같이 명함을 돌리면서 이민철 주임을 어필한다.

그렇게 시간을 보내던 와중에.

―박람회 개최 시간까지 앞으로 10분 정도 남았습니다. 참가자분들은 마지막까지 점검을……

장내 안내 방송을 도맡은 젊은 여성의 목소리가 중국어로 들려온다.

중국어에 별다른 실력이 없는 사람들은 저 여성 아나운서가 무슨 말을 하는지도 아마 못 알아들을 것이다.

그러나 민철은 확실히 알아들었다.

박람회 입장 개시가 얼마 남지 않았음을.

그리고…….

내일산업을 표적판 위에 놓고 저격할 일도 이제 곧 발생할 것이라는 사실을 말이다.

개시와 동시에 우르르 몰려들기 시작하는 사람들.

그 인파 속에서는, 미리 민철이 심어둔 소매치기 집단 건달들도 속해 있었다.

'자, 이제 너희들의 오지랖을 보여줄 때다.'

부스 내에 위치한 민철이 마법을 발동시키며 속으로 장난기 가득한 웃음을 짓는다.

        *   *   *

박람회의 입장 시간.

민철이 사전에 미리 입장권을 구입해 배포한 중국 현지의 인력들만 총 8명에 달한다.

소매치기단 자체가 그리 규모가 큰 집단이 아니었기에 리더인 덩치남을 포함해서 최대한 성인으로 보일 법한 인원들을 다수 포섭한 결과가 바로 8명이다.

'이럴 줄 알았으면 조폭을 때려잡을 걸 그랬나.'

뒤늦은 한숨을 내쉬지만, 그저 그것은 결과론적인 이야기다.

게다가 혼자서 조폭 전부를 상대한다면 무슨 소란이 발생할지는 민철도 감이 잡히지 않는다.

중국은 경찰, 그리고 공안이라는 별도의 집단이 존재한다.

최대한 문제를 일으키지 않는 범위 내에서 하려면 가지고 있는 인력을 최대한 동원하는 수밖에 없다.

이미 그들에게 사전에 모든 작전을 설명해 뒀기에 민철은 이제 청진그룹 부스에서 최선을 다하면 된다.

하나…….

"뭐?! 혁이가 급성위장염이라고?!"

놀란 차 실장이 버럭 소리를 내지른다.

인사를 담당하고 있는 차 실장. 적절하게 각종 부스에 인원들까지 배치해 경영지원팀, 그리고 총무팀과 같이 기본적인 청진그룹 부스 베이스를 만들어둔 그였으나 가장 중요한 문제가 발생하고 말았다.

바로 팀 내부의 영업 사원이기도 하면서 동시에 중국으로 중요 인사들 앞에서 레크리에이션을 펼칠 예정이었던 영업팀의 김혁 실장이 급성위장염으로 인해서 이번 박람회에 불참하게 된 것이다.

"지금 병원에 갔는데… 당분간 안정을 취해야 한다고 합니다."

"이런 미친……! 그 새끼, 술 작작 처먹으라고 그렇게 말을 해뒀건만…….."

영업 3팀의 김혁은 차 실장과 같은 동기이기도 하다.

비록 3팀에 있지만, 가장 원활한 중국어 실력을 보유하고 있어서 영업팀 내부에서도 이번 출장 인원 명단 안에 선발되었다.

물론 혁이뿐만이 아니라 다른 영업팀 사원들도 어느 정도 중국어는 할 줄 안다. 이들보다도 국제부 팀이 더 원활한 의사소통을 이끌어낼 수 있지만, 국제부와 영업부는 엄연히 그 분야가 다르다.

국제부는 통역과 언어에 능통하고 영업부는 제품을 팔아야 하는 분야에서 능통함을 보인다.

가장 베스트는 두 부서를 아우르는 멀티 플레이어가 오는 것인데…….

"김혁, 이 새끼가 그나마 중국어도 좀 할 줄 알고, 상품 설명도 잘하는 녀석인데… 큰일이로군."

차 실장의 근심이 더더욱 깊어져가기 시작한다.

이들의 고민을 기다려주지 않을 예정인지, 부스 안에 한 인물이 모습을 슬쩍 드러낸다.

"실례합니다, 제품 설명 좀 들어도 될까요?"

중국으로 말하는 중년 남성에게 차 실장이 어색하게 웃으면서 말한다.

"물론이지요. 잠시만……."

말을 걸고 있던 차 실장의 눈이 급격하게 확장된다.

이 중년 남성.

분명 어디선가 본 적이 있다.

어디일까? 아무래도 인사를 담당하고 있는 차 실장이기에 사람에 대한 건 가급적이면 까먹지 않는다.

그럼에도 불구하고 이 중년 남성이 누구인지 곧장 떠올리지 못하다니.

자신의 능력을 한탄하고 싶지만, 차마 그럴 틈을 줄 이유도 없는 모양인지 중년 남성의 뒤에 있던 한 남성이 작은 명함을 건넨다.

"화이 웡 님이십니다."

"화, 화이 웡……!"

어디선가 많이 본 남성이라 했더니, 바로 중국 내에서 한창 주가를 올리고 있는 커피 브랜드, 메져의 대표 아니겠는가!

한국에서는 머메이드가 잘나가는 신성이라고 불리고 있지만, 아직도 메져에 비해서는 한참 뒤처진다는 소리가 있는 만큼 메져는 대단한 회사다.

애초에 시장 규모 자체가 다르다. 중국은 세계 인구의 4분의 1을 차지하고 있는 어마어마한 규모의 인구를 지니고 있는 나라다. 그런 나라에서 매출 1위를 찍고 있는 커피 브랜드와 대한민국 커피 브랜드 1위가 과연 상대가 되겠는가?

천만에. 그거야말로 다윗과 골리앗의 싸움이라 할 수 있을 것이다.

"한국 제품이 좋다고 들어 한번 둘러보고자 왔습니다
만……."

"자, 잠시만 기다려 주시기 바랍니다."

차 실장도 어느 정도 중국어는 할 줄 안다. 화이 윙의 비서
로 보이는 젊은 중국 남성이 무슨 말을 하는지는 이미 대략적
으로 의미가 통했다.

"여, 영업 팀! 혹시 남는 인원은……."

그러나 차 실장은 그 다음 말을 이을 수가 없었다.

이미 남은 영업팀 사원들은 제각각 외국 바이어를 상대하
기 위해 열심히 입을 놀리고 있었기 때문이다.

인력이 부족하다!

차 실장 본인이 나서서 설명을 해야 하나 고민을 하고 있을
무렵이었다.

"이쪽으로 오시기 바랍니다. 제가 설명드리도록 하죠."

때마침 다시 부스로 돌아온 민철이 익숙하게 화이 윙과 비
서를 안내하며 부스 안쪽으로 유도하기 시작한다.

그것도 익숙한 중국어로 자신을 소개하면서 말이다.

"처음 뵙겠습니다. 전 이민철 주임이라고 합니다. 홍보팀
에 소속되어 있습니다."

"홍보팀……."

그나마 영업팀과 비슷한 업무 기능을 지니고 있는 부서가
바로 홍보팀이다.

총무팀에 소속되어 있는 남성진이 제품을 소개하겠는가, 아니면 경영지원팀에 배치되어 있는 한예지가 청진그룹의 가전제품을 소개할 수 있겠는가?

그거야말로 도박 중에서도 도박이다.

민철은 그래도 이들과는 다르게 홍보팀이라는 부서에서 일하고 있었기에 다른 회사의 제품에 비했을 때 자신의 회사의 제품들의 창의적이고 좋은 점을 요소요소 잘 숙지하고 있다.

물론 기계 내부적인 설명이라든지 그런 것은 지금의 민철로서는 확실히 부족한 면이 있다. 하나 본래 제품을 구입하고자 하는 사람들의 경우에는 해당 가전제품의 내부 전선까지 일일이 훑어보지 않는다.

그저 완성품의 상태, 그리고 효율을 고려할 뿐이다.

물론 그중에서는 더러 직접 가전제품 안의 내용까지 확인하는 인사들도 몇몇 있다.

하나 그건 전문적인 지식이 없는 한 말짱 꽝에 불과하다.

현재 화이 웡은 딱히 기계공학 쪽을 전공한 것도 아니고, 실제로 공장에 들어가서 생산직으로 일을 해본 경험도 없다.

잡다한 문제는 젖혀두고, 민철이 화이 웡에게 자사 제품을 홍보하기 위한 간이 설명회를 열기 전이었다.

"커피 한잔하세요."

"오, 감사합니다."

화이 웡이 살짝 눈웃음을 지으며 커피를 가져온 예지에게 감사하다는 표현을 선보인다.

기초적인 중국어였기 때문에 예지 역시도 괜찮다는 듯한 반응을 보인다.

이들도 중국 출장을 신경 써 기본 커뮤니케이션은 할 수 있을 정도의 중국어는 이미 익혔다.

그러나 제품 설명을 위한 중국어까지는 통달한 사람은 몇 되지 않는다.

"이 주임."

구 부장이 차 실장과 같이 다가오며 민철을 부른다.

"너, 중국어 할 수 있냐?"

"예, 물론입니다."

"아니… 기초적인 중국어 이야기가 아니라… 전문용어가 막 들어가 있는 형태의 설명을 중국어로 할 수 있다고?"

"할 수 있기에 부른 겁니다."

"…진짜냐."

"절 믿어주시기 바랍니다."

"……."

여기서 화이 웡에게 '설명할 사람이 없으니 다시 오세요'라고 말을 할 수도 없는 노릇이다.

손님이 부스를 찾는 순간, 청진그룹 직원들의 행동 하나하나가 모두 이미지 평가를 받는다고 할 수 있다.

여기서 자칫 민철이 설명에 실수라도 한다면?

말 그대로 큰일로 벌어질 수도 있다.

아니, 사실은 큰일이라고 보기에는 힘들다. 그저 중국 시장 내에서 점유율 80%에 달하는 커피 브랜드와의 계약 하나를 놓칠 뿐이라고 생각하면 그만이다.

계약 자체는 아깝지만, 그래도 명백하게 말해서 계약을 따는 것이 플러스알파일 뿐이지, 안 되더라도 청진그룹에게 손해는 아니다.

막대한 기대 이익을 놓칠 수도 있는 위기지만, 화이 윙이 부스를 찾은 순간부터 이들은 무언가를 해야 했다.

"…나도 최대한 도와주마."

"감사합니다."

구 부장 역시 민철을 도와주기로 결심한다.

사실 구 부장은 중국어를 능숙하게 하지 못한다.

애초에 홍보팀보다는 영업팀이 자사 제품 설명 포지션을 맡게 될 예정이었다.

그래서 기본적인 중국어 실력은 영업팀에서 파견된 사람이라면 전부 다 보유하고 있다. 그런데 화이 윙뿐만이 아니라 다른 업계 쪽 유명 인사들도 청진그룹에 관심을 보이고 부스를 찾아온지라 다른 영업 사원들을 뺄 수도 없다.

저들도 화이 윙만큼 중요한 거래처 대상자가 될 수도 있었기 때문이다.

"저희 제품으로 말씀드릴 거 같으면……."

제품의 설명회에 임하기 시작한 민철.

그가 생각하는 화술의 기초 중 하나는 바로 '말이 통해야 한다' 라는 점이다.

민철이 괜히 중국어를 능숙하게 익힌 것이 아니다. 일부러 중국어라는 형태를 공부한 건 아니지만, 우연치 않게 레디너스 대륙에 있던 소수 민족인 웨일로족과 언어 체계가 매우 흡사해 남들에 비해 수십, 아니, 수백 배는 빠르게 중국어를 습득했다.

원활한 의사소통은 화술의 기본 중 하나다. 기본적으로 언어 마스터 단계에 오른 민철이기에 자사 제품에 대한 기본적인 지식만 가지고 있으면 충분히 외국 업체 인사에게 영업팀 못지않은 상술을 발휘할 수 있다.

즉, 이번 자신의 화술 키포인트는 바로 능숙한 중국어 실력!

그리고 사실 뛰어난 화술 스킬이 아니더라도 청진그룹의 우수한 연구진들에 의해 개발된 우수한 제품들 자체에 강점이 있다.

그 강점을 어필하면서 동시에 원활한 커뮤니케이션까지!

더불어 박람회라 함은 직접 제품이 가동되는 모습까지 보여주면 효과가 좋다.

리모콘을 통해서 직접 화이 윙에게 제품을 조종할 수 있는 기회까지 주거나 샘플 체험을 시켜주는 등, 말뿐만이 아니라 각양각색의 방법으로 화이 웡을 공략한다.

"…이상입니다."

설명을 마치자, 화이 웡이 만족스러운 모습을 지어 보이며 고개를 끄덕인다.

때마침, 다른 중국 기업 대표와 대화를 끝낸 영업팀 사원이 눈치를 보며 이들에게 다가가자, 구 부장이 자연스럽게 민철과 함께 영업팀 쪽과 화이 왕을 연결시켜 준다.

그전에, 화이 웡이 넌지시 자신의 명함을 꺼낸다.

"이건……."

"허허, 받아주시면 좋겠군요. 지금까지 많은 한국 기업 부스를 돌아다녔지만, 이민철 씨처럼 능숙하게 중국어로 자사 제품을 설명하는 사람은 없었습니다. 상당히 인상적이었어요."

"감사합니다."

개인 명함을 받게 된 민철이 살짝 머리를 끄덕이며 말한다.

"나중에 혹시 기회 있으면 개인적으로 봅시다."

"아… 네, 알겠습니다. 꼭 기억해 두도록 하겠습니다."

화이 웡의 사업 마인드.

그는 인재를 매우 탐하는 자다.

사람을 보는 눈이 제법 있는 화이 웡이기에, 민철이 비범한 녀석임을 금방 알아차린 것이다.

그렇게 또 다른 연줄을 만들게 된 민철이었으나, 지금 당장 중요한 것은 따로 있었다.

"형님."

부스를 찾은 덩치남이 민철에게 다가오며 말한다.

"작업 끝났습니다."

"그렇군."

맞은편에 있는 내일산업 부스 쪽으로 슬쩍 시선을 돌리는 민철.

그때, 구 부장도 같이 민철과 같은 방향으로 시선을 돌린다.

"뭐냐, 저건⋯⋯?!"

놀란 구 부장이 작게 탄식을 내지른다.

많은 중국인들이 내일산업의 부스 쪽으로 몰려가고 있었기 때문이다.

"장난 아니네. 우리보다도 훨씬 더 장사가 잘되고 있는 거 아니야?"

"그건 아마 아닐 겁니다."

"아니라고?"

구 부장이 의미를 모르겠다는 듯이 되묻지만, 민철은 그저 웃음을 보이며 이렇게 말할 뿐이다.

"거품이란 이름을 지니고 있는 허수들에 불과하니까요."

　　　　　*　　　　*　　　　*

　"거품이라고······?"

　구 부장이 이해가 잘 안 된다는 표정으로 민철에게 되묻는다.

　거품이라니.

　그건 또 무슨 소리인가.

　"네. 호수 씨, 혹시 저 사람들 '기억' 하고 있습니까?"

　근처에서 잡일을 하고 있던 호수에게 대뜸 질문이 떨어지자, 호수가 민철과 구 부장에게 다가와 묻는다.

　"어떤 사람들 말입니까? 이 주임님."

　"저기 저 내일산업 부스에 몰려 있는 사람들이요."

　"저 사람들은······."

　호수의 눈길이 가늘어진다.

　그리 멀리 떨어져 있는 거리도 아니기에 충분히 육안으로도 사람의 얼굴 정도는 인식이 가능하다.

　그러나 민철이 도대체 무엇 때문에 이런 질문을 하는지 잘 이해하지 못했기에 호수는 다시 한 번 질문을 던졌다.

　"사람들의 신분에 대해서인지, 아니면 다른 것을 묻는지 여쭤봐도 될까요?"

　"그럼 간단하게 이지선다로 질문드리겠습니다. 저 사람들이 '관람객' 입니까, 아니면 '참가자' 들입니까?"

"……!!"

구 부장이 이제야 민철의 질문을 듣고 어느 정도 감을 잡았다는 듯 혀를 차기 시작한다.

애초에 처음부터 부스 참가자들은 신분을 증명하는 증거로 참가증을 목에 걸고 있어야 한다.

그러나 만약.

그 참가증을 숨기고 손님처럼 위장을 한다면……?

"그야 당연히 참가자들이죠. 둘러다니면서 주욱 봤을 때, 제 기억상으로는 분명 중국 쪽 업체 사람들이었던 걸로 알고 있습니다."

"역시 호수 씨, 기억력이 정말 좋군요."

나름 아낌없는 칭찬을 선사해 준 민철이 가볍게 어깨를 으쓱해 보인다.

"말 그대로입니다."

"그렇구만… 그랬어."

고개를 힘차게 끄덕이는 구 부장.

눈치의 왕이라 불리는 그였기에 굳이 현재의 상황을 이해하는 데에 민철의 설명을 필요치 않아 했다.

저들은 전부 부스 참가자들이다.

그것도 중국 측 부스 참가자들.

얼마 전, 서수준 대리가 했던 말이 절로 떠오른다.

중국 기업들은 한국 기업이 부스 내에 들고 온 제품들을 그대로 베껴서 내기도 한다고 말이다.

그렇다 하더라도 특별히 중국 측에서 처벌이라든지 제재를 가하거나 하지도 않는다.

뻔뻔하게 자신의 제품이라고 우기면서 그것을 아무런 문제 없이 판매하기까지 한다.

뻔뻔함이 극에 달한 행동이다. 하나 문제는 아무런 규제를 하지 않는다는 점에 있을 것이다.

"만약 저 참가자들이 전부 내일산업의 제품을 그대로 모방한다면……."

피해는 고스란히 내일산업 쪽으로 갈 것이다.

그도 그럴 것이, 수많은 중국 중소기업들이 내일산업의 제품을 그대로 모방한다면, 내일산업이 가지고 있는 특징이자 강점이 결국 널리 퍼지게 되는 셈이기 때문이다.

"그런데 저 많은 부스 참가자들이 관람객으로 위장하면서까지 내일산업 부스로 다 몰려든 이유가 뭐냐?"

"그거야 뭐……."

민철이 어깨를 으쓱해 보이면서 가볍게 말을 한다.

"손님들이 '내일산업 제품이 그렇게 좋아 보이더라'라고 수군거리는 말을 자주 들은 모양인가 보죠."

"일부러 그렇게 떠벌리고 다니는 손님들이 있나?"

"있을지도 모릅니다. 왜냐하면 여긴 중국이니까요."

"……."

중국은 다양한 타입의 인간이 살고 있는 곳이다.

애초에 인구수 자체가 많다 보니 다른 나라에 비해서 훨씬 독특한 타입의 사람들도 확률상으로 많이 분포되어 있다.

물론 이 박람회에서 내일산업 제품에 대한 소문을 일부러 다른 중국 측 부스에 소문을 흘리게끔 만든 인물들은 이미 정해져 있다.

바로 민철이 데려온 소매치기 집단들의 행각이었다.

그들을 통해서 일부러 내일산업 제품이 한국 측에서 가장 좋은 제품이라는 소문을 퍼뜨리게 한 것이다.

손님으로 가장한 그들의 의견은 당연히 부스 참가자들의 귀를 자극할 것이다.

관람객들의 평이 좋은 한국 제품.

그것은 다른 말로 표현하자면, 중국 기업들에게 있어서 좋은 먹잇감이 된다는 뜻이다.

"저쪽은 사정도 모르고 즐겁게 이야기보따리를 풀고 있군요."

민철의 말에 구 부장이, 그리고 호수가 씁쓸하게 웃으면서 내일산업 측 부스에서 열심히 입을 나불대고 있는 직원들을 바라본다.

특히나 문호태의 경우에는 이게 무슨 대박이냐며 얼굴에 함박웃음이 떠날 줄 몰랐다.

만약 저들이 일반 관람객들이 아닌 내일산업의 제품을 노리고 있는 중국 기업들이라는 사실을 알게 된다면, 얼마나 망연자실한 표정을 지어 보일까.

"태봉 씨의 복수라고 생각하죠."

물론 태봉이 잘못한 요소도 있지만, 내일산업이 애초에 청진그룹을 노리지만 않았다면 이런 일도 발생하지 않았을 것이다.

최초 원인 제공자이기도 한 내일산업의 크나큰 실패는 아마도 이미 예견된 일일 것이다.

지금 당장은 아니지만, 훗날 어마어마한 모방품들이 다수 등장할 때.

그때가 바로 내일산업의 중국 박람회 참가 의미가 없어지는 순간이 아닐까 싶다.

길었다면 길었던 중국 출장의 마지막 날.

"다들 짐 잘 챙기셨죠?"

"네~"

차 실장의 질문에 청진그룹 사원들이 목소리를 높이며 기운차게 대답한다.

오늘로써 공항 비행기에 몸을 싣고 그리운 대한민국으로 향하게 될 것이다.

그 생각에 벌써부터 빨리 가서 삼겹살에 소주라도 한잔 걸치고 싶다는 속마음을 내비치는 사원이 한둘이 아니었다.

한편, 내일산업에 대한 음모론은 구 부장의 제안에 의해 홍보팀만 알고 있기로 결정을 내리게 되었다.

출장을 온 홍보팀이라고 해봤자 구 부장을 제외하면 민철, 그리고 호수밖에 없지만 말이다.

내일산업에게 제대로 된 복수의 칼날을 선사해 준 것이 통쾌하긴 하지만, 방식 자체는 그다지 깔끔하지 않았다.

그렇기에 최대한 이번 일이 외부로 새어 나가지 않게끔 단속하면서 상황을 지켜보자는 구 부장의 생각이 크게 작용했기에 이들 역시도 다른 곳에 가서 이야기하지 않기로 합의를 본다.

일시적인 함구 명령.

그러나 중국 측에서 모방 제품들이 하나둘씩 등장하기 시작하게 되면 굳이 이 함구령을 지킬 필요도 없어질 것이다.

"웃차!"

수화물 칸에 배낭을 넣는 구 부장이 자신의 옆자리에 배정된 민철을 바라본다.

"이 주임, 끝나고 호수랑 같이 소주나 한잔할까?"

"좋지요. 합류하겠습니다."

"오케이! 그래야 내 이 주임답지!"

이미 호수랑은 이야기가 오고 간 모양인지 굳이 호수의 의견까진 묻지 않는다.

그보다도 민철은 뒤풀이보다 신경 쓰이는 게 따로 있었다.

"……."

이번 출장 내내 묘하게 남성진이 조용했기 때문이다.

동기들 사이에서도 총무를 맡고 있고, 그리고 리더십이 강한 그가 어째서 이번 출장 때 별다른 활약을 보여주지 못한 것인가?

체육대회에서도 민철과 자주 좋은 승부를 보여줬던 그다. 민철의 활약상을 보면 남성진 역시 자신도 뭔가 하고자 하는 그런 모습을 보여주곤 했는데, 이번 출장은 예외적이었다.

'설마……'

남성진이 자신의 몸을 사린 일이 무엇일까 고민하던 민철은 절로 예지에 대한 생각을 품게 된다.

한경배 회장의 무리한 보디가드 동행이 다른 사람들에게 의구심의 눈초리를 살 수 있게 만든다는 것 정도는 이미 민철도 예상하고 있는 바였다.

하나 고작 보디가드의 존재만으로 예지의 정체를 파악하기에는 무리수가 따른다.

제아무리 눈치의 왕이라 불리는 구 부장조차도 보디가드와 한예지의 관계를 연결시키진 못했다.

'수상하군.'

조금 더 상황을 지켜보자고 결심한 민철.

그러면서 의자에 몸을 묻으며 자신의 지갑에 고이 모셔져 있는 한 명함을 바라본다.

이번 중국 출장을 통해서 민철은 또 하나 좋은 연줄을 얻게 된 셈이었다.

그에게는 적어도 손해는 아닌 셈이다.

삼겹살에 소주.

중국에서 먹지 못했던 한국 특유의 술자리 음식들을 가진 뒤 민철이 집으로 돌아오자마자 가장 먼저 목격한 것은 바로 불이 켜져 있는 거실이었다.

처음에는 민철이 스스로가 불을 켜고 출장을 갔나 의심했지만, 꼼꼼한 성격의 그가 이런 사소한 것을 놓칠 리가 없다.

마치 그것을 증명이라도 하듯, 앞치마를 두른 한 명의 여자가 눈웃음을 지으며 말한다.

"출장 잘 갔다 왔어?"

"…대충."

민철의 여자친구인 체린이 이제는 민철의 집에 서슴지 않게 와서 요리를 하고 있던 것이다.

마치 남편을 기다리는 아내의 모습과도 같았다.

"민철 씨 오늘 귀국한다고 해서 대략 음식들 좀 만들었는데… 늦었네."

"뒤풀이가 있었거든. 만약 네가 집에 있었다면, 좀 더 빨리 올 걸 그랬어."

"뭐, 애인의 직장 생활에 크게 관여하거나 방해할 생각은 애초에 없었으니까. 그래서 일부러 말 안 했어."

사실 민철이 늦게 들어온다 하더라도 체린은 별다른 상관
이 없었다.

애초에 민철의 냉장고 안에 자신이 만들어준 요리들로 가
득 채워주는 게 크나큰 목표였으니 말이다.

민철이 늦게 들어온다 치면 그냥 요리만 마치고 돌아가도
크게 신경을 쓰지 않았을 것이다.

이런 쿨한 면, 그리고 이해심이 체린의 커다란 장점이다.

"출장 가서 바람 피웠다거나 그러진 않았겠지?"

"뭐… 대충은."

쓴웃음을 지어 보이며 대답을 해주는 민철이었다.

실제로 바람을 피우진 않았으니 말이다.

"그것보다도 한 가지 좋은 소식을 들려줄까 하는데."

"좋은 소식?"

"민철 씨랑 같이 스터디했던 혜진 씨, 기억 나?"

"아……."

류혜진.

민철에게 있어서는 여동생 같은 존재이기도 하다.

물론 혜진은 민철을 이성으로서 바라보고 있지만, 민철은
그저 혜진을 여동생 그 이상으로 볼 수는 없었다.

"그러고 보니 한동안 연락도 못 했군."

예전에는 혜진의 집에서 하숙을 할 때 자주 마주치곤 했지

만, 역시 몸이 멀어지면 마음도 멀어진다 했던가. 자연스럽게 서로 연락조차 주고받는 것도 드물게 되었다.

"안 그래도 혜진 씨가 나한테 대신 전해달라 하더라."

"너한테라면……."

"애초에 우리 두 사람의 관계도 알고 있는 거 같아."

"역시."

티가 많이 나긴 했다. 민철과 체린, 두 사람의 거동 자체가 말이다.

더욱이 머메이드 심곡점에서 일하고 있는 혜진이라면 자주 오고 가는 체린의 모습을 봤을 것이다.

그녀에게서 익숙한 남자의 향기라도 난 것일까.

혜진이 먼저 눈치를 챈 것인지 묻고 싶은 민철이었지만, 그의 생각을 읽기라도 했다는 듯이 체린이 가볍게 이야기를 한다.

"내가 밝혔어."

"하하하……."

역시 쿨한 여자, 이체린이었다.

"그것보다 혜진이는 왜?"

"혜진 씨, 우리 본사에서 일하기로 했거든."

"본사?"

"응. 정확히 말하자면 내 보좌 느낌이라고 할까."

"그렇군……."

혜진도 인정을 받아 본사에서 정규직으로 채용되었다는 말까지 축약된 소식이었다.

정규직.

그 말을 떠올리니, 민철의 머릿속에 자연스럽게 구 부장이 오늘 뒤풀이에서 했던 이야기가 떠오르게 된다.

아직 정식으로 발표되지 않았지만, 구 부장이 몰래 민철과 호수에게만 언급했던 바로 그 이야기.

'축하한다, 호수야.'

구 부장의 뜬금없는 말과 동시에 곧 그가 그런 말을 한 이유가 밝혀지게 된다.

'네 인턴 생활도 이제는 끝이라고. 정규직 전환 축하한다.'

바로 호수의 정규직 전환 소식이었다.

제2장

대마법사는 일용직

근로자 I

중국 출장 박람회.

반응 자체는 역시나 청진그룹의 압도적인 승리라 해도 과언이 아니었다.

특히나 화이 웡과 같은 거물급들에게 좋은 평가를 받았기에 이번 박람회의 성과도 제법 쏠쏠했다.

그 덕분이라고 할까.

출장을 갔던 이들 대부분의 승진 여부가 검토되고 있었다.

특히나 남성진의 경우에는 동기들 중에서 민철 다음으로 주임직으로 승진을 하게 되는 쾌거를 이룩하게 되었다.

그러나 민철의 경우에는 아직 주임으로 승진한 지 얼마 되지 않았다는 이유로 인해 승진 궤도에 오르지 못했다.

설사 그렇다 하더라도 민철은 그다지 섭섭하게 생각하지 않고 있었다.

어차피 민철에 대한 평가도 올랐을뿐더러, 중요한 것은 다른 곳에 있었기 때문이다.

"흐음……."

카페 머메이드 강남 지점.

본점에서 출장을 나온 체린은 토요일 주말 아침, 민철에 건넨 한 장의 명함을 보고 미묘한 표정에 잠기고 있었다.

중국에서 같은 커피 브랜드 직종으로 대호황을 누리고 있는 화이 웡의 명함 때문이었다.

"솔직히 말해서 놀랐어."

체린이 솔직한 감정을 토로한다.

"이런 사람의 명함을 직접 받아 올 줄이야."

한국에는 머메이드, 그리고 중국에는 메져.

각 나라의 커피 체인점 업계는 두 커피 브랜드가 꽉 잡고 있다 해도 과언이 아니다.

민철의 적극적인 서포터로 인해서 머메이드가 결국은 한국 내에서 점유율 1위를 달성하게 되었고, 그 성장세는 매섭게 커가고 있다.

물론 스가벅스라든지 기타 다른 유명 커피 브랜드가 여전히 득세를 하고 있지만, 머메이드의 젊고 전략적인 행동 덕분에 대중들은 관심을 머메이드 쪽에 주고 있는 실정이었다.

"박람회에서 본의 아니게 건져 온 작은 소득이지."

"역시 민철 씨, 기회주의자네."

"나도 그렇게 생각해."

"그치만 이 연줄을 어떻게 써먹어야 좋을지는 고민을 해봐야겠어."

같은 브랜드 직종이기에 뭔가 통하는 것이 있을지도 모른다.

라이벌이라 함은 곧 내일의 동료가 될 수도 있기 때문이다.

"어쨌든 잘 받아둘게."

"내 소개로 연락을 했다고 하면 곧장 화이 윙이라는 사람에게 연결이 될 거야."

"응, 알았어."

명함을 받은 체린이 고개를 끄덕이면서 슬슬 자리에서 일어서기 시작한다.

"곧 영화 시작할 차례야. 이제 일어나자."

"그러지."

자리에서 일어나기 시작하는 민철.

그때, 마침 일이 끝난 모양인지 카운터에서 혜진이 다가와 체린과 민철을 부른다.

"민철 오빠! 더 있다 가지⋯⋯."

혜진이 뭔가 섭섭한 듯한 표정으로 민철에게 문의를 해본다.

그러나 순간 체린이 민철에게 팔짱을 끼고서 마이페이스를 유지한 채 말한다.

"우리는 이후부터 잠깐 데이트 좀 하고 올까 하는데."

"으으……."

"아무쪼록 잘 부탁해. 금방 돌아올 테니까."

"…알았어요."

잔뜩 뾰로통한 표정으로 체린을 노려보기 시작하는 혜진이었지만, 그런 시선은 이미 익숙하다는 듯이 가볍게 혜진의 사나운 눈빛을 흘리면서 민철을 데리고 가게 바깥을 나가는 체린이었다.

예전부터 그런 것은 아니지만, 최근 들어서 체린에게는 이상한 버릇이 생겼다.

바로 누군가의 앞에서 민철의 여자가 자신임을 못 박아두는 그런 행동을 보이기 시작한 것이다.

혜진이라고 예외는 없다.

특히나 부사장으로 승격된 체린과 그녀의 비서로 여기저기 따라다니기 시작한 혜진에게 특별하게 많이 벌어지는 현상이기도 하다.

혜진도 예전에는 민철에게 마음이 있었다.

물론 그 사실을 체린 또한 잘 알고 있었기에 일부러 이런 행동을 하는 것일지도 모른다.

"너, 사디스트냐."

"아마 그럴지도. 귀여운 아이가 분에 못 이겨 부들부들 떠는 모습이 귀엽거든."

"……."

사디스트가 틀림이 없다.

이 여자가 미묘하게 S 속성을 지니고 있음을 어렴풋이 느끼고 있던 민철이었지만, 설마 진짜 그럴 줄은 몰랐다.

"혜진이는 그렇다 치더라도, 직장 내 사람들한테는 이런 모습 보이지 않는 게 좋을 거다."

"민철 씨는 우리 사이를 비밀로 하고 싶은 거야?"

"그건 아니지만, 너무 대놓고 애정 행각을 벌이는 건 좋지 않다는 것을 말하는 거니까 잘 알아둬."

"…그렇군."

체린도 납득을 한다는 표정으로 고개를 끄덕이지만, 정말 이해하고 이런 반응을 보이는 것인지에 대해서는 미지수다.

이체린. 그녀는 책략가다.

특히나 마음에 드는 게 있으면 절대로 놓지 않으려 하는 습성을 지니고 있다.

그 마음에 드는 것이라는 범주 내에는 이민철이라는 남자도 포함되어 있다.

'꽃뱀한테 물린 기분이로군.'

빠져나올 수 없는 치명적인 매혹을 지닌 여우에게 홀린 듯한 느낌도 간혹 들기 시작한다.

둘이서 잠시 영화를 보기 위해 발걸음을 옮기던 무렵.

"날씨도 좋고, 놀러 가기 딱 좋은 날인데……."

여름을 지나서 이제는 선선해진 날씨를 만끽하던 체린.

평소와 비슷하게 사소한 대화를 주고받기 위한 서두였지만, 민철은 그녀의 말에 귀를 기울일 수가 없었다.

"……!!"

공기가 변하기 시작했다.

마치…….

고차원적 존재가 자신의 앞에 나타났을 때, 주변의 시간이 모두 정지하는 그런 현상과 마주했을 때의 느낌이다.

'설마…….'

재차 고개를 돌리며 확인을 한다.

마나의 움직임이 급격하게 활성화된다.

일반인들의 눈에는 보이지 않는 푸른 기류가 맹렬하게 움직인다.

이것은 누군가가 '마법을 사용할 때'의 신호다.

특히나 현대에는 마법을 사용하는 자가 없다. 적어도 민철이 알고 있는 범주 내에서는 '마법사'라고 불릴 만큼의 실력을 지니고 있는 사람은 본 적이 없기 때문에 확신할 수 있다.

맹렬하게 움직이는 마나의 기류.

이윽고 머지않아, 그 기류는 언제 그랬냐는 듯이 다시 정상적으로 천천히 흐름을 타기 시작한다.

방금 전까지 마치 홍수가 난 듯 맹렬하게 움직이던 마나의 파도가 지금은 거짓말처럼 사라진 것이다.

"무슨 일이야, 민철 씨?"

당황한 표정으로 주변을 둘러보기 시작한 민철의 모습에 의아함을 느낀 모양인지 체린이 질문을 던진다.

좀처럼 볼 수 없는 민철의 당황한 얼굴.

신선하기도 하지만, 동시에 체린에게는 불안감을 선사한다.

하나 머지않아 민철의 손이 체린의 작은 머리를 쓰다듬어 주며 말한다.

"괜찮아. 아무것도 아니야."

"…놀래키지 마, 좀."

가볍게 한숨을 쉬면서 민철의 넓은 가슴에 얼굴을 묻는다.

언제나 냉정함을 잃지 않는 사람이 당황할수록 그 행동이 주는 파급력은 실로 어마어마하다.

민철이 이렇게까지 당황한 모습을 체린은 처음 봤다.

무엇이 그를 이렇게까지 당황하게 만든 것일까?

그러나 민철은 애써 이유를 설명해 줄 생각은 없는 모양인지 평소와 같은 얼굴로 말한다.

"영화 늦겠군. 좀 빨리 걷자."

"응, 알았어."

젊은 커플이 그렇게 자리를 뜰 무렵.

다른 한 장소에서는 이질적인 현상이 벌어지고 있었다.

세상 살기 참 힘들다.

특히나 남의 돈을 받아내려면 그만큼 노동을 지불해야 한다. 그 노동 자체만으로도 힘들다는 말이 절로 나온다.

대부분의 20대, 그리고 30대들과 더불어 40대들… 아니, 대한민국에 태어난 모든 이들이 공감하는 말일지도 모른다.

그러나 최근.

바로 얼마 전까지 이 말에 공감하지 못한 젊은이가 있었다.

"누가 기계 함부로 세우라고 했냐!!!"

"죄송합니다, 죄송합니다!!"

연신 고개를 숙이면서 작업반장에게 사과를 연발하는 젊은 청년.

제법 미청년으로 보이지만, 하는 행태는 상당히 구질구질하게 다가온다.

"한 번만 더 그랬다가 모가지를 확 잘라 버릴 줄 알아!"

"…예, 죄송합니다."

성격이 더럽기로 소문난 작업반장에게 겨우 용서를 구한 청년.

이제야 한숨 좀 돌릴 수 있겠다는 듯이 공장 바깥으로 나와 바닥에 털썩 주저앉는다.

별도로 쉴 공간도 없어서 이렇게 그냥 차가운 시멘트 바닥에 앉는 것이 고작이다.

"젠장⋯⋯."

소심하게 욕지거리를 내뱉은 청년이 주변을 둘러본다.

보이는 것이라고는 차가운 아스팔트 바닥과 다수의 책들.

인쇄소에서 일을 하고 있는 청년, 도안은 연신 한숨을 내쉬면서 자신의 신세를 한탄하기 시작한다.

공장에 들어와서 일을 하기 시작한 지 이제 두 달밖에 되지 않았다.

일하는 거 자체가 힘든 것은 아니다.

그러나 뭐랄까.

일 자체가 정신력을 갉아먹는다고 해야 할까.

그래도 오늘은 오전 근무만 하고 집으로 돌아갈 수 있다.

가자마자 잠부터 잘 생각을 하며 샤워하고 옷을 갈아입은 뒤 거리로 향한다.

그나마 제법 날씨가 선선해져서 다행이지, 몇 달 전에는 햇볕이 너무 강해 더워 죽는 줄 알았다.

그러나 도안은 나름 자신만의 노하우가 있었기에 공장에서 일하는 다른 동료들에 비해 그다지 척박하지 않은 환경에서 근무를 할 수 있었다.

노하우는 그가 가지고 있는 비밀.

그는 이 세상 사람들이 알지 못하는 비밀이 하나 있었다.

"⋯음?"

마침 집으로 돌아가려던 찰나에, 나무 위에서 울부짖고 있는 고양이 한 마리가 눈에 들어온다.

행태로 보아서는…….

"올라가긴 했는데, 차마 내려오지 못하는 건가?"

그렇게 생각을 할 무렵.

갑자기 빠직! 소리와 함께 얇은 나뭇가지가 부러지기 시작한 게 아닌가!

'위험해……!'

지상과 떨어진 높이도 꽤 된다.

반사적으로 손을 뻗은 도안.

그러자…….

휘우우웅!!

그의 손끝에 서서히 푸른 마나의 기운이 몰려들기 시작한다!

"윈드 스톰(Wind storm)!"

짧은 시동어와 함께 도안의 손끝에서 뻗어져 나간 여러 갈래의 바람들이 아래에 에어백 역할을 하듯 빙글빙글 돌며 쿠션 형태를 만들어낸다.

그 위로 안전하게 떨어진 고양이가 자신에게 벌어진 일을 이해하지 못한 모양인지 그저 얇은 소리로 '야옹, 야옹' 울부짖을 뿐이었다.

"옳지, 착하다."

그러면서 고양이를 얌전히 안아준다.

누가 보면 순간 고양이가 공중부양을 한 줄 알겠지만, 이건 그저 '마법'에 불과하다.

마법을 쓸 수 있는 청년, 도안은 한동안 그렇게 고양이의 머리와 등을 쓰다듬어 준 뒤, 안심을 시켜주고 다시 지상으로 내려보낸다.

한동안 도안을 올려다본 고양이가 고마움의 뜻을 표출하기 위함인지 다시 한 번 야옹! 이라는 소리를 내더니 이내 공원의 수풀 속으로 모습을 감춘다.

"하하, 그래. 다음부터는 오르지도 못할 나무는 쳐다보지도 마라. 아직 너에게는 이르니까."

조금 더 날렵해져서 돌아와라.

그런 충고까지 해주고 싶지만, 고양이가 사람의 말을 제대로 알아들을 리가 없지 않겠는가.

"그건 그렇다 치더라도."

푸른 하늘을 올려다보기 시작한 도안.

"배고프네……."

주머니 속에 든 돈은 얼마 되지 않는다.

고작해야 3천 원.

이걸로 이틀을 해결해야 한다.

"레디너스 대륙에 있었을 때에는 이런 가난은 생각하지도 못했는데."

청년 도안.

그의 정체……

레디너스 대륙에서 온, 유일하게 9클래스를 달성한 대마법사, 레이너 슈발츠라는 이름을 지닌 자였다.

하지만 지금은 그저.

공장을 다니면서 하루하루 끼니를 해결하고 있는 일용직에 불과하다.

"이 세계는 먹고살기 더럽게 힘들구만."

*　　　*　　　*

레이너 슈발츠.

레디너스 대륙에서도 유일한 9클래스를 달성한 천재 마법사.

다른 이들이 7~8클래스의 벽을 넘지 못해 전전긍긍할 때, 레이너 슈발츠는 30대의 젊은 나이로 이미 9클래스를 달성하게 되었다.

시대가 낳은 최고의 천재 마법사!

그 명성은 널리 알려지기 시작했고, 각국에서 레이너 슈발츠를 모셔 가기 위한 경쟁 역시도 치열했다.

그러나 그는 쉽사리 이득만을 위해 움직이지 않았다.

천재 마법사이면서 동시에 그는 보기 드물게 정의로운 인물이기도 했다.

올곧은 신념.

마법은 오로지 올바른 정의를 위해 사용해야 한다는 고정 관념을 가지고 있었다.

하나 그 신념도 채 오랫동안 지속되지 못한 채,

동료의 배신이라는 최악의 결과를 통해서 그는 죽음을 맞이하게 되었다.

그리고 눈을 떠보니…….

"야, 이 새끼야!!! 일당 받기 싫어?! 그딴 식으로 일할 거야?!"

"죄, 죄송합니다!!"

…그는 어느 순간 일용직 근로자가 되어 있었다.

그가 이 세계에 오자마자 가장 처음으로 만난 것은 바로 낯선 천장이었다.

반지하에서 죽은 듯이 누워 있던 청년, 도안.

게다가 심지어 방 안에 연탄불을 피워둔 상태였다.

"켁켁… 이게 뭐야?!"

눈을 뜨자마자 자신이 도대체 무슨 상황에 놓인 것인지 제대로 파악조차 되지 않았지만, 일단은 연탄불이 몸에 해로운 연기임을 직감한 도안은 손가락을 튕긴다.

딱!

그의 손가락 소리와 함께 순식간에 주변의 공기가 정화되기 시작한다.

바람 계열의 기본적이면서 동시에 기초적인 청정 마법을 발동시킨 뒤, 레이너 슈발츠가 가장 먼저 한 일은 바로 주변을 둘러보는 것이었다.

곰팡이가 슨 벽지.

주변에 널브러져 있는 초록색의 빈 유리병.

그리고 알코올 냄새와 더불어 연탄불의 연기.

"분위기가… 뭐 이래?"

레디너스 대륙에서 전혀 본 적이 없는 풍습을 지닌 단칸방이었다.

"일단……."

창문을 좀 열자.

그렇게 판단한 레이너가 제법 큰 창문을 발견하고 문을 열자, 그곳에도 놀라운 풍경이 펼쳐져 있었다.

"이건……?!"

뭔가 거대한 쇳덩어리가 4개의 바퀴를 이용해서 움직이고 있는 게 아닌가!

인력거도 아니다. 그렇다고 마법이라고 하기에는 뭔가… 이상하다.

더욱이 주변 사람들의 복장도 뭔가가 미묘하게 적응이 되질 않는다.

여자들은 남사스럽게 허벅지가 다 드러나는 짧은 치마를 입고 있는 반면, 남자들은 통이 매우 좁은 스키니진을 입고 다닌다.

귀에는 선으로 연결되어 있는 이상한 물건을 꽂고 다니고…….

"뭐, 뭐야, 여긴 도대체……."

마법 이외의 학문 같은 건 레이너로서는 거의 배운 적이 없다.

오로지 마법 하나만을 집중적으로 파고든 인물이었고, 게다가 사망할 당시 나이도 그리 많은 편도 아니었다.

그래서 문물에 대한 지식도 그리 많지 않다.

슬하에 자식도 없을뿐더러 결혼 경력도 없다. 즉, 사회 경험 자체가 전무하다는 뜻이다.

그저 마법, 그리고 마법.

마법학만을 연구해 온 샌님 같은 그였기에 남들에게 쉽게 배신당했다.

물론 그가 죽음을 맞이한 이유 역시도 배신이었다.

"맞아……!"

그제야 자신이 절친한 동료에게 배신당해 죽음을 맞이했다는 사실을 깨닫게 된 레이너가 다급하게 자신의 전신을 훑어본다.

30대의 나이라고 하기에는 너무 젊은 몸을 하고 있다.

고작해야… 20대 초반?

무엇보다도 외형이 다르다.

레이너 슈발츠라 불리던 남자의 외형이 아니다.

"설마… 차원 이동이라는 건가?"

마법학을 집중적으로 파고들었기에 레이너는 사후 세계를 경험한 뒤 다른 차원으로 영혼이 이식되는 현상을 접한 적도 있다.

당연한 말이지만 그리 자주 일어나는 현상도 아니다.

하나 전혀 일어나지 않는 현상도 아니라는 뜻이다.

"있을 수 없…….."

[아니, 없을 리는 없다고 생각하네만.]

"……!!!"

순간적으로 레이너의 양손에 제각각 불과 얼음의 기운이 서린다.

시동어조차 외치지 않았음에도 불구하고 양손에 원소 마법의 기운이 맺히는 걸 본 누군가가 옅은 웃음을 내뱉는다.

[과연… 역시 희대의 마법사라 불리는 존재군.]

"누구지?"

대화의 형태로 말을 걸어오는 것이 아니다.

뭐라고 할까… 뇌를 통해 직접 울려오는 듯한 그런 커뮤니케이션이라고 해야 할까. 소위 말해서 '전음'의 형태라고 표현하는 편이 더 정확할지도 모른다.

'텔레파시의 일종인가?'

혼자만의 생각을 품으면서 다시 한 번 주변을 둘러본다.

그러자 이번에도 레이너의 머릿속에 전음이 울리기 시작한다.

[텔레파시라… 그것과 비슷하다 할 수 있군.]

"내 머릿속의 생각을 알 수 있나 보군. 치사한데?"

[후후후. 아무래도 인간보다 상위 존재이다 보니 아마 자연스럽게 자네 같은 평범한 인간의 생각을 싫어도 절로 알게 되더군.]

"……."

[뭐, 그렇게 경계하지 않아도 되네. 자네도 알다시피, 나는 인간이 아니니까.]

순식간에 주변의 풍경이 일그러지기 시작한다.

각양각색의 컬러로 덮여 있던 세상이 오로지 흑과 백이라는 단조로운 색깔로 다시 칠해진다.

이윽고 레이너 슈발츠의 눈앞에 어느 한 부분이 인간 형태로 굴절되어 표현된다.

"고차원적 존재……."

[그런 셈이 되지.]

"신이라도 되는 건가?"

[그건 말해줄 수 없다만.]

"……."

신. 혹은 신급과도 비슷한 존재.

그렇게 인식을 한 레이너가 자신의 양손에 맺혀 있는 마나의 기운을 해제한다.

어차피 저 고차원적 존재의 말대로 인간의 상위 존재라고 한다면, 제아무리 레이너가 마법을 연발한다 해도 저 존재를 이길 수는 없다.

게다가 무엇보다도 레이너는 고차원적 존재를 통해 확인해야 할 사실이 몇 가지 있었다.

우선 가장 먼저 해야 할 일.

"당신이 나를 이 세계로 소환한 건가?"

[소환이라… 얼핏 보면 그렇게 말할 수도 있지.]

"보아하니 이 사람은 애초에 삶의 의지를 잃고 죽으려 한 거 같은데."

[이미 죽었지. 그의 영혼은 다른 곳으로 인도되었어. 오로지 빈 육체의 껍데기만이 남았을 뿐. 그래서 자네의 영혼을 연결시켰네.]

"레디너스에서의 레이너 슈발츠는 죽었다는 뜻이군."

[그런 셈이지.]

죽음을 부정할 수는 없다.

어렴풋이 알고는 있었지만, 현실로 접하니 쓸쓸하기 그지없다.

절친의 배신이라는 것 자체를 믿고 싶지 않았었는데…….

이런 식으로 고차원적 존재를 통해 그 배신이라는 형태가 기정사실이 되어버린 것이다.

과거에 대한 미련은 이쯤에서.

이제부터는 본격적인 시간이다.

"그럼 어째서 나를 이곳에 부른 거지? 전혀 다른 차원에서 내 능력이 쓸모가 있다는 건가?"

그는 9클래스 대마법사다.

능력으로는 분명 인정받지 않으려야 않을 수가 없다.

그의 능력을 탐내던 곳은 언제, 어디서든 있었으니 말이다.

심지어 고차원적 존재라 하더라도 젊은 나이에 9클래스라는 업적을 달성했다면 호기심으로라도 레이너를 불렀을 가능성이 크다.

그러나.

고차원적 존재의 답변은 실로 매우 간단했다.

[호기심이다.]

"호… 기심?"

[그래. 어느 한 분야에서 정점을 이룩한 자가, 과연 이 차원에서도 그 정점을 이룩할 수 있을지 없을지에 대한 호기심이지.]

"…기가 막히게 말도 안 되는 호기심이군. 그래서 내가 이 세계에서 마법으로 정점의 자리에 오르면 된다고 생각하나?"

[아니, 그 내기에 대해서는 이미 수행하고 있는 자가 있다.]

"뭐……?"

고차원적 존재의 발언을 통해 레이너는 한 가지 사실을 깨닫게 되었다.

바로 자신 이외에 레디너스 대륙에서 이 차원으로 불려온 자가 또 있다는 사실을 말이다.

[그것도 네가 가장 잘 아는 사람이지. 듣게 된다면, 내가 이 차원으로 너를 부른 이유를 알게 될 것이다. 그리고 오히려 나에게 감사하게 생각하겠지.]

"…설마 그게……."

누군가의 이름을 언급하려던 순간.

고차원적 존재가 먼저 선수를 치게 된다.

[레이폰 더 데스사이드라고 한다.]

달변가.

그리고 희대의 사기꾼, 화술가 등등.

온갖 별명과 호칭을 얻은 자, 레이폰 더 데스사이드.

사실 레이너의 입장에선 레이폰을 좋게 볼 수가 없었다.

정의, 그리고 올곧은 신념으로 널리 알려져 있는 레이너 슈발츠.

그리고 그와는 정반대로 기회주의자에 카멜레온과 같은 태세 변환으로 유명한 레이폰.

두 사람은 말 그대로 물과 불, 물과 기름 같은 존재라 할 수 있다.

"레이폰……!!"

레이너가 절로 이를 악물기 시작한다.

자신의 절친을 꼬드겨 배신을 하게 만든 인물이 레이폰 더 데스사이드라고 생각을 하고 있었기 때문이다.

[레이폰이 너를 죽음으로 몰아갔다고 생각하는군.]

"그걸 말이라고 하나?! 그 악랄한 자식이 분명 사탕발림으로 나의 절친을 속여 나를 배신하게 만들었을 거다. 틀림없이!!"

[확인되지 않은 정보를 멋대로 착각해 신용하는 것만큼 위험한 일도 없다.]

"…뭐?"

[…라고 레이폰 본인이 직접 이야기하더군.]

"레이폰, 그 자식이……!!"

절로 마나의 강렬한 기운이 레이너의 주변으로 맴돌기 시작한다.

고차원적 존재는 그것을 그저 방관하고만 있었다.

[아무쪼록 이 세계에 레이폰이 있으니, 한번 찾아보는 것도 나쁘진 않겠지. 더불어서…….]

고차원적 존재의 시선으로 보이는 무언가가 레이너를 응시한다.

[자네의 마법이 과연 이 세계에서도 통용될 수 있는지도 궁금하고 말이야.]

"…그게 무슨 뜻이지?"

[곧 알게 될 것이네. 어느 한 분야의 정점에 다다른 자여.]

그 말을 끝으로 고차원적 존재가 모습을 감춘다.

흑백의 세계로 치장되어 있던 공간이 다시 본래의 색을 입기 시작하면서.

"복수의 기회라는 뜻인가."

정의로 똘똘 뭉친 9클래스 대마법사, 레이너 슈발츠는 도안이라는 현실 세계의 이름으로 재탄생하게 되었다.

…라는 이야기까지는 좋다만.

"하아."

그저 한숨만 내쉬는 도안.

잠시 쉬는 시간에 푸른 하늘을 올려다보며 쇳덩이 돌아가는 소리만 들려오는 공장 입구에서 늘어지게 한숨을 내쉰다.

이 세계에 온 지 어언 2달째.

처음에는 자신의 마법만 있다면 뭐든지 할 수 있을 거라 생각했다.

다름이 아닌 9클래스 마스터이지 않겠는가!

어딜 가도 자신을 찾아주는… 아니, 모셔 가려는 사람만 빈번하게 찾아올 것이라 생각했다.

하지만.

이 세계는 마법이 필요가 없는 곳이었다.

공격 마법이 어디에 쓸모가 있겠는가.

파이어볼보다는 다이너마이트가 더 효율적이다.

장기간 비행 시에는 플라잉 마법보다 차라리 비행기를 타고 가는 것이 더 편하다.

시야 확보를 위한 라이트 마법보다는 그냥 스위치 하나 켜는 전등이 훨씬 더 밝고 유지력이 강하다.

심지어 마법을 선보이면, 마술이라는 분야 덕분에 사기 좀 그만 치라는 압박도 받은 적이 있었다.

진짜 마법이지만, 사람들은 이미 마법이라는 단어 자체를 신용하고 있지 않는 상태였다.

마법사가 아닌 마술사, 레이너 슈발츠가 되어버리는 건 한순간이었다.

결국.

이 세계는 과학이 마법을 압도적으로 이기게 된 것이다.

레디너스에서 귀중한 인재, 그리고 필요한 자.

엘리트라 칭송받는 그가, 여기 와서는 아무런 쓸모가 없는 불필요한 인력으로 전락해 버린 것이다.

이런 기분일까.

나락으로 떨어진다는 기분이.

"이 세상은 도대체……."

　　　　＊　　　＊　　　＊

　도안이 오늘내일하는 생산직 공장에서 일을 하고 있을 무렵.

　"음……."

　사무실 휴게실에서 곰곰이 생각에 잠기기 시작한 민철.

　그의 모습을 보던 대진이 별일이라는 식으로 민철에게 말을 걸어온다.

　"민철 씨, 무슨 잘 안 풀리는 일이라도 있습니까? 민철 씨답지 않게 고민하고 있군요."

　"저도 사람이니까요. 잘 안 풀리는 일 정도는 많이 있습니다."

　"하하… 뭐, 그렇겠죠?"

　자판기에서 캔커피 하나를 꺼내기 시작하는 대민이었다.

　아마도 대민의 입장에서 잘 안 풀리는 일을 꺼내보라고 한다면, 바로 서 대리에게 어떤 식으로 이성적인 면을 어필할까가 아닐까.

　사랑 고민.

　'단순해서 좋겠군.'

　정말 보기 드물게 대민이 부럽다는 생각을 품게 된 민철의 속마음이기도 했다.

　그가 고민하고 있는 것은 사실 회사 업무 때문이 아니었다.

오히려 회사 업무라면 민철이 이렇게까지 심각하게 고민할 일도 없을 것이다.

왜냐하면 애초에 업무 처리 능력은 이미 타의 추종을 불허할 정도로 어마어마한 속력을 지니고 있는 민철 아니겠는가. 그가 업무로 이렇게까지 고민을 할 정도라면, 웬만큼 실무에 능숙한 사람이 와도 해결하는 데에 꽤 오래 걸림을 뜻한다.

그가 이렇게까지 신경을 많이 쓸 법한 문제는 업무적인 내용이 아닌 바로 얼마 전에 겪었던 한 가지 비상식적인 현상에 관해서였다.

'그건… 분명 마법이었어.'

마나의 흐름이 불규칙한 움직임을 선보였다.

본래 마나라 함은 자연의 섭리대로 천천히 물결이 흐르듯 움직이게 마련이다.

가만히 놔둬도 마나라는 것은 마치 공기 중의 흐름처럼 움직이는 존재라는 것에는 레디너스 대륙 자체에선 이견이 없었다.

다만, 마나가 미친 듯이 돌풍을 일으키듯 움직이는 현상이 간혹 발생하게 된다.

그것을 학계에선 '마법'이라는 단어로 그 현상을 설명한다.

인공적으로 마나를 사용하는 현상.

그게 바로 마법이라는 것을 뜻한다.

결국, 민철이 얼마 전 체린과 데이트를 할 때 당시 불규칙한 움직임을 선보였던 마나의 증거는 바로 누군가가 '마법을 사용했다' 라는 결말로 도출된다.

하지만 과연 누가?

민철이 알고 있는 한, 제대로 된 마법사는 본 적이 없다.

TV에서 자칭 초능력자라고 자신을 소개한 사람들도 전부 하찮은 재주를 보였을 뿐이었지, 사실은 마법사라 불릴 만한 자격은 없었다.

그럼에도 불구하고 민철이 판단하기엔 그때 당시 움직였던 마나의 흐름은 분명 마법을 사용할 때의 마나의 흐름과 동일했다.

실제로 민철도 마법을 사용하는 사람이기에 그 마나의 불규칙한 흐름이 낯설지가 않았다.

마법을 사용했다.

그럼 도대체 누가 마법을 사용했다는 말인가.

'이 차원에도 마법사가 존재한다는 뜻인가?'

의구심을 품게 된 민철이 자리에서 일어선다.

여기서 혼자 고민을 해봤자 아무런 소용이 없다.

우선 그 장소에 다시 한 번 가보는 수밖에 없지 않겠는가. 마법을 사용했다면, 분명 그때 당시의 흔적이 남아 있을 것이다.

클래스가 엄청 높지 않긴 하지만, 그렇다고 민철의 마법사로서의 클래스가 결코 낮은 건 아니다.

얼추 노력을 하면 마나의 흔적을 따라 마법사를 발견할 수도 있다.

'일단 실행에 옮겨보자.'

마침 내일은 민철이 월차를 신청한 날이기도 하다.

체린과는 요 며칠 전, 주말에 잔뜩 데이트를 했기 때문에 이번에는 특별히 민철의 월차를 노리고 집까지 쳐들어오진 않을 것이다.

그렇게 믿으며 내일은 이 차원에 실존하고 있을지도 모르는 마법사를 추적하는 데에 힘을 쏟기로 결심을 하게 된다.

그러나.

그 결심은 그리 오래가지 않았다.

"민철아, 미안하지만 내일 회사에 좀 나와줘야겠어."

"…예?"

구 부장으로부터 예상치 못한 통지를 듣게 된 민철.

이건 또 무슨 날벼락이란 말인가.

"아, 네가 월차를 신청한 것도 잘 알고 있어. 하지만 조금 급한 일이 생겼거든."

"급한 일이라면……."

"부천 지역에 있는 판촉물 잔고 현황 좀 파악해 줘야겠어. 부천 지점하고 심곡 지점, 두 군데만 들르면 된다. 나머지는 나하고 다른 사원들이 알아서 파악할 테니까."

"각 매장 지점에 있는 직원들에게 조사 결과를 메일로 보내달라고 하면 되지 않습니까?"

"너도 알고 있지? 태봉에 대한 사건."

"……?"

갑자기 왜 강태봉에 대한 이야기가 언급되는 것일까.

그러나 민철은 태봉의 이름을 언급하는 구 부장의 의도를 금방 눈치챌 수 있었다.

이윽고 민철이 예상한 그대로 구 부장이 해답을 제시하기 시작한다.

"원래 각 지점별로 남아 있는 물품 재고의 현황이라든지 그런 것은 지점별로 보고를 하고, 2차적으로 본사 직원이 가서 확인 차원으로 체크를 하게 되어 있어. 부정을 방지하기 위해 2중으로 확인 절차를 거치는 거지. 그게 우리 회사 FM이다. 이건 잘 알아두고."

"그렇군요."

"본래는 우리도 FM이 아닌 AM… 그러니까 대충 생략하는 식으로 일을 처리해왔거든. 생각을 해봐라. 가뜩이나 업무도 많은데 직접 각 지점을 돌면서 일일이 해당 물품 재고 현황을 언제 다 체크하고 있냐? 그래서 한동안은 서로 쉬쉬하며 대충 AM 형태로 처리하고 있었는데, 이번에 한경배 회장님께서 공문이 내려왔거든. 전부 다 싸그리 FM으로 하라고. 만약 그

경고를 무시할 경우, 어떠한 부당한 대우를 받아도 알아서 스스로 책임을 지라고 하시더라."

"과연⋯⋯."

태봉이 연관되었던 그 사건이 방아쇠가 되어 결국 이런 식으로 회사 전 직원들에게 FM을 강요하는 압박이라는 이름의 탄환이 되어 돌아온 것이다.

물론 민철도 어느 정도는 이 현상을 예상하고 있었다.

그러나.

자신의 월차가 결국 잘리게 된 것은 억울하게 느껴질 수밖에 없었다.

하나 민철이 누구인가. 화술로 레디너스를 평정한 존재, 레이폰 더 데스사이드 아니겠는가.

고작해야 월차 하나에 쩨쩨하게 굴면 레이폰이라는 이름이 울 것이다.

"알겠습니다. 그럼 군말하지 않고 내일 나와야겠군요."

"미안하다. 대신 이 주임, 다음에 내가 상부에 좀 찔러서 뭔가를 얻어줄 테니까 너무 섭섭하게 생각하지 말라고."

"예, 기대하고 있겠습니다."

어차피 월차가 잘렸다 해도 이 월차를 버린다는 이야기는 아니다.

날짜를 변동하면 될 일이고, 여차하면 현금으로도 지급받을 수 있다.

근무 복지 환경에 특히나 많은 신경을 쓰고 있는 청진그룹이라면 틀림없이 그런 식으로라도 보상을 해줄 것이다.

그리고 어차피 월차를 못 쓰게 된 거, 기왕이면 싫은 티를 내지 않는 것이 중요하다.

결과가 정해져 있으면 그 결과에 순응하는 태도를 보임으로써 상대방의 부담을 덜어주면 된다.

어쨌든 이렇게 해서 결국 민철의 출근이 결정되었다.

그러나 한 가지 신경에 거슬리는 건 여전히 남아 있다.

'가급적이면 빠르게 그 장소로 다시 돌아가야 하는데.'

마나를 사용한 마법의 흔적이 자취를 감추기 전까지는 최대한 빠른 시일 내에 같은 장소를 방문해야 한다.

그 점만 뺀다면, 민철의 내일 스케줄에는 이상이 없음이다.

다음 날 오전.

"부천 지점을 먼저 들른 뒤, 심곡 지점으로 가는 게 좋겠지."

차량을 운전하던 민철이었으나, 그가 향하고 있는 지역은 부천역 쪽이 아니었다.

"이 근처였나."

근처 공터에 차를 주차시킨 뒤, 얼마 전 체린과 같이 거닐었던 공원으로 발걸음을 옮긴 민철.

그러면서 마나를 최대한 얇게, 그리고 넓게 퍼뜨리기 시작한다.

이름 하야 마법으로 만든 일종의 탐지기 같은 것이었다.

과거 영진이 면접을 보기 직전에 어느 화장실에 갔는지 찾기 위해, 그리고 체육대회에서 태봉의 행방을 찾기 위해 시도했던 그런 방식 중 하나다.

"음……."

미묘하게 마나가 지나가는 통로가 비틀린 쪽으로 서서히 걸어간다.

아주 미약하기는 하지만, 그래도 6클래스라는 제법 괜찮은 축에 속한 클래스까지 달성한 터여서 이 정도 마나 추적에는 별다른 무리가 없다.

그러나 문제는 이다음부터였다.

"…여기서 끊겼군."

마나의 흐름이 딱 절단된 것으로 보아, 여기서 마법을 사용하고 끝냈든지, 아니면 마법을 사용한 이후에 일부러 마법의 흔적이 남을 것을 두려워해 뒤처리를 했든지.

둘 중에 하나가 될 것이다.

다만, 두 개의 사례가 가지는 의미는 매우 크다.

첫 번째는 그냥 평범한 사례에 불과하다. 여기서 마법을 발동시킨 게 전부니까. 하나 만약 그렇다면, 시전자가 마법을 쓴 뒤 자리를 뜬 경우에는 그 시전자를 따라 자연스럽게 마나의 흐름이 절로 미묘하게 틀어진 흔적을 방향성으로나마 미약하게 남았을 것이다.

하지만 시전자가 자리를 뜬 흔적조차 남지 않은 채 마나의 흔적은 깔끔하게 이 공원의 제법 큰 나무 한 그루의 앞에서 말끔하게 끊어져 있다.

만약 마법을 쓴 뒤, 일부러 추적을 두려워해서 뒤처리를 한 거라면……

"실력자다."

일부러 마법을 사용하고 나서 그 흔적의 자취까지 고려할 정도라면, 그리고 마나의 흔적을 일부러 지웠다고 한다면, 분명 이 사람은 실력자임에는 틀림이 없다.

최소…….

6클래스 이상의 마법사!

물론 6클래스 이하의 마법사들도 마나의 흔적을 지우기 위한 작업은 충분히 할 수 있다. 그러나 웬만한 하위 클래스 마법사들은 이런 깔끔한 뒤처리까지는 고려하지 않는 편이다.

습관과도 같은 것이다. 마법에 아직 통달하지 않은 자들, 혹은 마법에 아직 제대로 익숙해지지 않은 자들은 이런 사소한 것들을 가끔씩 까먹곤 한다.

그러나 마법에 통달한 자들은 확실히 자신의 흔적을 남기는 빈틈을 보이지 않는다.

무협으로 치자면 절대고수의 향내음이 난다고 할까.

물론 이 모든 것들은 민철의 가설, 그리고 추측에 불과하다.

하지만 민철의 이런 촉감은, 전혀 신빙성이 없는 망상 가득한 가설만은 아니다.

어느 정도 기본적인 사례를 바탕으로 구상된 가설과 시나리오.

이 세계에서 민철보다도 더 대단한 실력을 가진 마법사가 존재할지도 모른다는 생각이 민철을 자극한다.

"위험할지도 모르겠어."

민철만의 장기라 생각했던 마법의 존재가 독점이 아니게 되어버렸다.

게다가 그 상대방은 어찌 보면 민철보다도 더 뛰어난 실력자일 가능성도 등장해 버린 셈이다.

여기서 민철이 선택해야 할 길은 크게 세 가지로 압축이 된다.

미지의 마법사를 피해 다니든지, 혹은 그 마법사를 제거하는 방법이 있다.

그렇게 된다면 민철은 다시 마법이라는 독점적인 스킬을 지닌 절대자의 지위를 유지할 수 있게 된다.

하지만 그 가능성은 매우 위험할 수 있다.

민철이 클래스가 뒤처지게 되는 이상은…….

"세 번째를 택할 수밖에 없겠군."

민철은 단순히 마법만을 사용하는 마법사가 아니다.

레디너스 대륙에서도 그가 모든 국가와 모든 실력자들을

자신의 발아래에 놓을 수 있었던 원동력은 마법이 아니니까.

바로…….

말이다.

마지막 세 번째 선택은 민철이 좋아하는 방식이기도 하다.

"말을 통해서 아군으로 만든다."

능력의 부족함은 말로써 채우면 된다.

자신이 9클래스를 달성하지 못했다면…….

9클래스 마법사를 자신의 부하로 만들어 버리면 되지 않겠
는가.

제3장

대마법사는 일용직

근로자 11

"결국은……."

한적한 공원.

그 사이를 거닐던 도안은 짜증 섞인 표정으로 앞에 놓여 있던 작은 돌덩이를 발로 걷어차 본다.

파각!

최대한 힘을 주며 발로 차봤지만, 그리 멀리 나가진 않는다.

애초에 그는 딱히 운동을 열심히 해온 것도 아니다. 몸을 쓰는 공장 일을 가서 잘할 수 있을지에 대한 것도 걱정이었다.

그래도 그가 누구인가. 레디너스 대륙에서 유일하게 9클래스를 마스터한 희대의 천재 마법사, 레이너 슈발츠 아니겠는가!

버프 마법으로 부족한 근력을 채워가며 공장에서 일을 시작한 것은 어찌 보면 당연지사였다.

이 세계는 마법을 잘한다 해서 딱히 먹고살 수 있는 방법이 없었기 때문이다.

마술사라는 직업이 있다고는 하지만, 사람들은 애초에 마술사가 사기를 치고 있음을 전제로 마술 공연을 보고 있었다.

그리고 마술사들 또한 실제로 마법이 아닌 눈속임에 불과한 쇼를 선보이고 있었다.

그런 마술사들과 섞이면서 진짜 마법사로서의 역량을 선보인다?

그건 도안의 자존심이 허락하지 못한다.

레디너스 대륙에서 마법학에서만큼은 우수한 인재로 평가받던 그 아니겠는가. 그런데 이제 와서 눈속임이나 하는 마술사들과 같은 취급을 받으면서 유명세를 떨치고 싶진 않다.

물론 성공할 가능성은 크다. 눈속임을 선보이는 마술사들과 다르게 진짜 마법을 사용하면 관객들에게 더한 환호를 받을 수 있을 테니 말이다.

그러나 그것은 도안으로서는 극구 사양하고 싶은 일이다.

애초에 마법학 공부만 해온 샌님으로서 마법이라는 건 그의 인생과도 마찬가지나 다름이 없다.

결코 사기가 아니다.

결코 눈속임도 아니다.

그런데 고작해야 먹고살겠다는 일념 하나로 자신의 인생과도 같은 마법을 눈속임 취급받게 놔둘 수는 없다.

"그래, 이건 자존심 문제다."

그렇게 생각한 도안은 결국 돈을 벌 수 있는 방법을 찾다가 어느 한 공장의 생산직으로 들어가게 된 것이다.

하나, 결과는 좋지 않게 되었다.

대략 두 달을 일했지만, 밀린 월급은 주지도 않고 쫓겨나게 된 것이다.

악덕 사장에게 다가가 마법으로 혼쭐을 내줄까 생각 중인 도안.

"일단 집으로 찾아가서 정당하게 돈을 요구하는 거다. 나는 일을 했으니, 돈을 받을 권리가 있는 거야. 나쁜 것은 그 공장의 사장이니까."

정의로움을 앞세우는 마법사, 레이너 슈발츠로서는 협박이라는 수단이 영 마음에 들지 않았지만, 그래도 어쩔 수 없지 아니한가.

이대로 곧장 사장 집까지 일직선이다.

발걸음을 옮기려던 그.

하지만 그의 걸음을 붙잡는 소리가 들려온다.

"도, 도와주세요! 누가… 누가 소매치기 좀 잡아주세요!!"

"소매치기……?"

도안의 시선이 절로 소리가 들린 쪽으로 향한다.

그곳에는 제법 나이가 있으신 아주머니 한 분이 바닥에 넘어진 채 고래고래 주변 사람들에게 소매치기 좀 잡아달라고 도움을 요청하고 있는 상황이었다.

소매치기로 보이는 2인조 남성.

그들은 바이크를 타고 한창 도망치는 데에 여념이 없었다.

직접 따라잡는 데에도 시간이 걸리는데, 거기에 바이크까지 타고 있을 줄이야.

아무도 도와줄 엄두를 내지 않는다.

아니, 하지 못한다.

이럴 때에는 인상착의라도 외워서 경찰에 신고를 한 뒤 적극적으로 목격자로서 협력을 해주면 그만이다.

주변에 있던 사람들이 모두가 다 그렇게 생각할 무렵.

오직 단 한 사람만이 다른 생각을 품기 시작한다.

"천벌을 받을 녀석들……!"

레이너 슈발츠의 양손에 마나의 기운이 어리기 시작한 것이다!

"19… 20……."

창고에서 종이박스 숫자를 체크하고 있던 민철이 고개를

끄덕인다.

"이 정도 숫자면 재고에 딱 맞는군요."

"하하, 당연하지. 설마 우리가 부정행위라도 저지를 거라고 생각했어?"

심곡 지점에서 주임을 맞고 있는 윤준호 주임이 너털웃음을 터뜨리며 민철의 말에 태클을 건다.

물론 민철도 그렇게 생각하진 않는다.

그저…….

"본사에서 반드시 관련 부서 본사 직원이 직접 파견을 나가서 체크를 해 오라는 명이 있었으니까요. 한경배 회장님의 회사 방침이 깐깐하다는 건 윤 주임도 잘 아시죠?"

"알다마다! 그나저나 민철 씨도 고생이 많아."

"뭐… 그렇죠."

본사에 들어가기도 힘들뿐더러, 일이 적은 편도 아니다.

그에 따른 대우 또한 빵빵하다고 볼 수 있지만, 돈을 많이 받는 만큼 책임감과 부담감도 비례적으로 따라온다.

그래서 일부러 본사행을 기피하는 매장 직원들도 더러 있다는 말을 민철도 들은 적이 있다.

"아무튼 어리모로 서로 힘들다니까."

"그러게 말입니다."

"우리도 인력 부족으로 가뜩이나 허덕이고 있는데 말이지."

"인력 부족 말입니까?"

민철이 고개를 갸우뚱하며 묻는다.

심곡 지점이 인력 부족이라니.

물론 예전에 폐점 위기를 맞이했을 당시, 꽤나 적지 않은 직원들이 스스로 사표를 내고 나간 적이 있다.

그러나 그 이후로도 계속해서 인원 충원을 해왔고, 지금은 어느 정도 안정권에 접어들었다고 생각했던 민철이다.

그렇기에 오히려 윤 주임의 말에 의구심을 품을 수밖에 없었다.

"요즘 들어서 심곡 지점이 장사가 잘되거든."

"그렇습니까?"

"민철 씨가 따준 그 건수 있잖아. 카페 머메이드의 거의 모든 매장에 우리 제품을 놓는다는 거 계약 말이야."

"아… 그거 말입니까."

엄밀히 말하자면 체린이라는 연줄을 이용해 심곡 지점을 부활시켰다고 볼 수 있는 사건이었다.

그러나 단순히 인맥만으로 해결했다고 보기에는 무리가 있다. 애초에 체린도 청진전자의 제품에 눈독을 들이고 있었고, 그리고 제품의 품질 역시 좋은 편이었기 때문이다.

단순히 정으로 움직일 만큼 체린은 결코 무른 여자가 아니다.

객관적인 기준과 모든 현황을 체크한 뒤에 합당하게 청진전자의 제품이 괜찮을 거라고 판단을 했기에 민철의 제안을 승낙한 것이다.

민철도 체린의 그런 성향을 잘 알기에 계약을 체결하고 나서도 별로 빚을 졌다는 생각은 하지 않는다.

그때 당시의 계약은 민철과 체린, 두 사람이 연인이 아닌 사업 파트너로서 만들어낸 결과물이기도 하다.

"머메이드에 납품을 한다는 소문이 들리니까 여기저기서 우리 매장을 찾는 사람들이 많아졌더라고. 게다가 일반 개인 보다 근처 가게, 혹은 체인점을 내는 동네 가게 사장님들이 특히나 많이 늘고 있어."

"좋은 현상이군요."

"좋기야 하지. 그런데 그 덕분에 인력 부족이라고. 얼마 전에 본사에 요청을 넣어서 인원을 충원해 달라고 말했는데, 이제 와서 또 그러기도 눈치가 보이고 말이지……."

"하하, 그런 면이라면 괜찮을 겁니다. 매장 수익을 위해서 인원을 확충하는 건데, 그거 가지고 인사팀은 뭐라고 태클을 걸 만큼 소심하지 않은 부서니까요."

"그래……?"

"예. 정 껄끄러우시다면 제가 인사팀의 차 실장님에게 이 야기를 전해 드리겠습니다."

"나야 민철 씨가 그렇게까지 해준다면야 고맙긴 한 데……."

심곡 지점은 민철에게 있어서 특별한 장소이기도 하다.

민철이 이 세계로 와서 처음으로 일을 했던 장소 아니겠는가.

팔은 안으로 굽는다는 말이 있듯이, 민철도 가급적이면 이들에게 좋은 대우를 해주기 위해 노력을 할 것이다.

"그럼… 한두 명 정도만 더 뽑을 수 있도록 안건을 올려봐야지. 일단 서 과장님한테 먼저 말씀을 드리고."

"예, 알겠습니다."

심곡 지점의 인원 확충 소식이 조만간 나오리라.

그런 이야기를 건네 들은 민철도 이제 일을 마치기 위해 창고 바깥으로 나온다.

"그럼 남은 판촉물 재고 현황도 파악했으니, 저도 이제 슬슬 본사로 돌아가겠습니다."

"조심해서 들어가라고. 나중에 또 기회 되면 놀러 오고."

"알겠습니다, 하하."

왠지 모르게 고향과도 같은 심곡 지점이었다.

보고 싶은 얼굴들, 그리고 그리운 얼굴들이 모여 있는 장소이기도 하니 그런 기분이 들 수밖에 없을지도 모른다.

매장 바깥을 나온 민철.

이제 본사로 돌아갈 일만 남았지만…….

"아직 멀었지."

그에게는 해결해야 할 일이 한 가지 더 남아 있다.

차량을 이끌며 다시 한 번 체린과 데이트를 즐겼던 공원을 찾게 된 민철.

마법이 끊겨 있는 흔적만이 남겨진 공원의 나무 한 그루에 마주 선다.

여전히 아직도 미련을 버리지 못한다.

"나도 참… 미련이 많은 남자로군."

나무를 올려다보며 또다시 생각에 잠기기 시작한다.

현실 세계의 마법사.

그는 어째서 이런 곳에서 마법을 사용했을까?

물론 인적이 그렇게까지 많은 편은 아닌 장소임에는 틀림이 없다. 여기서 사소한 마법을 쓴다 하더라도 민철이 마법을 썼다는 사실을 알아차릴 수는 없을 것이다.

보이는 공원 단골이라고 해봤자 노부부, 그리고 술래잡기나 무궁화 꽃이 피었습니다를 하는 꼬맹이들이 전부다.

아마도 대부분의 젊은 층은 지금 이 시간에 회사에서 열심히 일을 하고 있지 않을까.

이민철 주임처럼 말이다.

물론 지금은 땡땡이를 치고 있다는 사실은 부정할 수가 없을 것이다.

그러나 지금의 땡땡이는 이유 있는 땡땡이다.

"…일단 회사로 돌아갈까."

어차피 여기에서 주구장창 서 있어봤자 아무런 성과도 없다.

차라리 본사로 돌아가서 빠르게 업무를 처리하고 집에서 쉬는 것이 더 이득이 될지도 모른다.

그런 생각을 품으며 발걸음을 옮기려던 민철.

바로 그때, 그의 귀를 자극하는 소리가 들려온다.

"도와주세요!! 소매치기예요!!"

"…소매치기라고?"

이런 대낮에 무슨 소매치기란 말인가.

그러나 의심의 여지 없이, 민철을 향해 다가오는 바이크 한 대가 있었다.

한 손에 들린 여성 전용 크로스 백.

그리고 뒤에서 소매치기 좀 잡아달라 아우성을 치는 나이 많은 아주머니.

눈치가 없는 사람이라 하더라도 바이크에 타고 있는 2인조가 소매치기라는 사실 정도는 쉽게 파악할 수 있을 것이다.

'이거 참… 예상치 못한 사건에 말려들었군.'

도와줄까, 아니면 말까.

민철이 마법을 부릴 줄 아는 자라 하더라도, 그는 철저하게 자신의 이득에 따라 행동하는 기회주의자다.

절대로 그는 정의로운 인물이 아니다.

굳이 소매치기를 잡아야 할 사명도 없을뿐더러, 괜히 여기서 사람들 앞에 마법을 부리는 모습은 오히려 손해가 될지도 모른다.

귀찮은 일은 일부러 자처해서 만들지 않는 인물, 이민철 아니겠는가.

그러나 이런 고민을 하고 있을 무렵, 그를 대신해서 한 명의 인물이 나서게 된다.

"감히 소매치기를 하다니!!!"

마치 사자후(獅子吼)를 내뱉는 듯이 어마어마한 고함 소리와 함께 바이크의 뒤를 매섭게 따라붙기 시작하는 한 남자.

놀라운 일은 바로 지금부터였다.

"헤이스트!!"

"……?!"

남자의 시동어와 함께 그의 몸이 기하급수적으로 빨라진다.

마치 바람의 길을 탄 한 마리의 제비와도 같은 움직임이었다.

파바바바바박!!!

빠르게 지면을 박차며 순식간에 바이크 옆에 마주 선 남자.

이윽고 오른손을 바이크 쪽으로 내뻗으며 외친다.

"윈드 브레이커!!"

휘우웅!!

바이크의 바퀴 바로 밑에 바람의 소용돌이가 생기며 순식간에 바이크 자체를 들어 올리는 게 아닌가!

"이건……."

바로 근처에서 이 모든 정황을 지켜보던 민철.

이것은 틀림없이…….

"…마법이다……!'

민철이 그토록 찾아 헤매던 또 다른 마법사가 스스로 모습을 드러낸 것이다!

*　　*　　*

마법의 존재.

아직까지 민철은 이 세계에서 제대로 된 마법사를 본 적이 없다.

마나는 존재하지만, 마나를 다루는 자를 본 적이 없기 때문이다.

하지만 지금은 다르다.

'이 마법은……!'

민철을 스치고 지나가는 바이크.

그리고 그 바이크를 쫓아가는 무수한 바람 갈래들.

다른 사람들에게는 그저 돌풍으로밖에 보이지 않을 것이다.

그러나 민철의 시선에는 분명 보였다.

푸른 마나의 기운이!

누군가의 마나가 기류의 흐름을 조종하고 있다.

민철도 마나를 다루는 자이기에 마나의 흐름을 시각적으로 눈치챌 수 있었다. 마법이라는 것도 결국은 숙달의 문제이니 말이다.

휘우우우웅!!

수십 갈래의 바람 줄기가 바이크의 뒤를 따라가더니 이내 놀라운 광경이 펼쳐지기 시작한다.

"이, 이게 뭐야?!"

놀란 운전자가 소리를 치며 아래를 내려다본다.

한창 도로 위를 질주하고 있어야 할 바이크가 공중에 들어 올려진 것이다.

그것도 아무런 장비, 장치 없이 위로 들어 올려진, 말 그대로 마법 같은 현상에 소매치기범들이 당황하는 눈치를 보인다.

그와 동시에 민철의 시선이 절로 마법을 발동한 자에게로 향한다.

"약자의 재물을 함부로 꿰차려 하다니. 젊은 나이에 못된 사상이 깃들어 있는 놈들이로군!"

겉보기에는 20대로밖에 보이지 않는 젊은 청년이 오른손을 뻗은 채 소매치기범들을 향해 강하게 훈계를 늘어놓고 있었다.

"돈을 벌려면 스스로의 노동력을 이용해서 돈을 벌어야 하거늘, 약자의 금품을 탐내고도 멀쩡하게 살아 나갈 수 있을 거라고 생각했느냐!!"

"히이이익!!"

일반적으로 평범하게 말하는 것처럼 보였지만, 소매치기 범들은 몸서리를 치면서 남자의 고함 소리를 듣고 있었다.

아니, 두려움에 떨며 들을 수밖에 없었다.

'피어(Fear) 마법인가.'

목소리라는 형태에 마나의 기운을 실어 상대방에게 공포라는 감정을 심어주는 고난도 정신계 마법이다.

민철도 사실 제대로 발휘하기 힘든 마법이 바로 정신계 마법이라고 할 수 있다.

그러나 저 남자는 공격 마법과 동시에 정신계 마법을 한꺼번에 시전하고 있었다.

평범한 실력자가 아니다.

적어도 민철의 6클래스보다도 높은 클래스를 지니고 있을 터.

'이 세계에 이런 고급 마법을 부릴 수 있는 마법사가 존재할 줄이야…….'

솔직히 말해서 탄식이 나올 정도였다.

하지만 중요한 것은 순수한 감탄이 아니다.

'누구지…….'

저 남자의 정체가 궁금하다.

아무리 봐도 평범한 청년으로밖에 보이지 않는다. 그러나 고급 마법을 사용할 정도라면 일단 평범함과는 거리가 멀다는 것을 뜻한다.

혹시 민철과 같이 다른 차원에서 건너온 인물이라면?

'…어렵군.'

만약 레디너스 대륙에서 넘어온 인물이라 치면, 민철의 입장에서는 애매모호한 게 될 수도 있다.

동지로 만들어야 하는 건가?

아니면 적군?

자칫 잘못하다가 저 마법사가 레디너스 대륙 시절, 민철의 치명적인 적이었을 수도 있다.

그렇다면 민철의 정체를 아는 순간, 남자는 민철을 죽이려고 할 것이다.

마법으로는 이길 재간이 들지 않는다.

그렇다면…….

'말을 통해서 해결을 봐야겠군.'

그렇게 고개를 끄덕인 민철.

반면, 마법을 해제시키며 바이크를 내려놓은 남자가 천천히 다가가 소매치기범이 들고 있던 여성용 핸드백을 가로챈다.

이미 바이크를 타고 도주할 기력조차 없는 모양인지 그대로 땅에 털썩 쓰러지게 된다.

"여기 있습니다."

"아이고, 고마워서 어쩐다!!"

나이 든 여성이 청년에게 고마움을 표출하기 시작한다.

마법을 발동시키는 장면은 소매치기범들과 민철밖에 목격하지 못했다.

나이 든 여자는 뒤늦게 부랴부랴 현장으로 뛰어오느라 미처 제정신으로 마법이 발동되는 장면을 목격하지 못했다.

아니, 봤다 하더라도 아마 자신의 눈을 믿지 않았을 것이다.

인간은 눈으로 확인한 것이 아니면 믿지 않는 습성이 있긴 하지만, 그렇다고 과학적으로 설명이 불가능한 일을 직접 본다 하더라도 일단 속임수인지 아닌지부터 의심을 하게 된다.

그것이 사람이니까 말이다.

정의로운 일을 했다는 사실에 뿌듯함을 느끼는 모양인지, 청년이 빙그레 웃으면서 자신의 머리를 긁적인다.

"당연한 일을 했을 뿐인데요, 뭘."

한편, 민철은 그사이에 자신의 스마트폰으로 근처에 있는 경찰서에 연락을 한다.

그리고 잠시 뒤, 경찰차 한 대가 현장으로 다가와 아직도 정신을 못 차리고 있는 소매치기범들의 손목에 수갑을 채운다.

아마도 청년이 사용한 정신계 마법 효과가 꽤나 오랫동안 지속되고 있는 모양인가 보다.

"이 사람들 맞습니까?"

"예, 맞습니다."

민철이 고개를 끄덕이면서 자신이 신고를 한 당사자임을 동시에 밝힌다.

한편, 민철의 뒤처리를 응시하고 있던 청년이 먼저 민철에게 다가와 고마움을 표출한다.

"감사합니다. 직접 손수 뒤처리까지 해주시고……."

"아닙니다. 이거야 당연한 일이지요. 제가 범인을 잡은 것도 아닌데요."

"혹시… 보셨습니까?"

청년의 눈빛이 가늘어진다.

간접적으로 청년이 마법을 사용해 소매치기범들을 잡았다는 사실을 목격했음을 일부러 드러낸 민철.

여기서부터가 진짜 승부다.

직설적으로 표현하되, 말을 잘해야 한다.

우선 전제 조건은 자신이 레이폰 더 데스사이드라는 정체를 드러내지 말고 상대방의 정체를 파악해 내야 한다.

지금부터가 승부다.

소매치기범을 잡는 일 따위와는 비교도 되지 않는 대전!

"예, 봤습니다. '마법'을 사용하시더군요."

"······!!!"

마술이 아닌 마법이라는 단어를 사용함으로써 청년에게 다시 한 번 민철이 마법의 존재 유무를 알고 있음을 어필한다.

일부러 민철은 마법이라는 단어를 선정해 골랐다.

하지만 그 이상으로 클래스라든지, 아니면 정신계 계통의 마법이라든지 하는 상세한 조건을 언급하진 않는다.

민철이 알고 있는 마법 체계는 레디너스 대륙을 기준으로 정립된 마법 체계다.

여기서 마법이라는 단어 그 이상을 언급하게 되면, 민철이 레디너스에서 건너온 자임을 청년에게 광고하는 꼴이 된다.

그렇기에 민철은 일부러 수준이 낮은 단어 선택을 고른 것이다.

상대방에게 '나는 마법의 존재를 알고 있다' 라는 것을 알려줌과 동시에 '그러나 레디너스 대륙 출신일지 아닐지는 모를걸?' 이라는 생각을 동시에 심어주는 방식이다.

"마법의 존재를 아시는군요."

청년의 눈길이 가늘어진다.

위험하다.

민철 역시 머릿속을 굴리기 시작한다.

상대방은 정신계 마법을 자유자재로 활용할 수 있는 고위 클래스의 마법사다.

최소 7클래스 이상의 마법사를 상대로 민철이 제대로 능력을 발휘할 재간은 없다.

그렇기에 민철은 이 청년이 지니고 있는 올곧은 심성을 이용할 생각을 품게 된다.

"혹시 'MBS'에서 몇 레벨인지, 어느 파에 소속되어 있는지 알 수 있겠습니까?"

"레벨? MBS?"

이상한 단어들을 남발하기 시작하는 민철.

그 덕분에 오히려 청년의 눈동자가 크게 흔들리기 시작한다.

불과 얼마 전까지만 하더라도 민철이 레디너스 대륙에서 왔을지도 모른다고 생각하던 도안, 아니, 레이너 슈발츠는 이 남자가 마법의 존재를 안다고 말을 하는 순간, 혹시 레이폰 더 데스사이드가 아닐까 하는 의구심을 품고 있었다.

고차원적 존재는 분명 레이너에게 이런 말을 했다.

레이폰 더 데스사이드가 이 세계에 있다.

그렇다는 말인즉슨, 레디너스에서는 당연하다는 듯이 볼 수 있지만 이 세계에서는 정말 보기 힘든 요소를 알고 있는 사람이 레이폰일 가능성이 크다.

그리고 그 남자가 바로 눈앞에 나타났다.

마법의 존재를 아는 남자.

이 남자가 레이폰 더 데스사이드일지 모른다.

물론 외형은 다르게 보인다. 하나 그것은 별개의 문제. 왜 냐하면 애초에 레이너 슈발츠 역시 도안이라는 남자의 이름 으로 살아가면서 외형도 달라졌기 때문이다.

레이폰에게도 그런 일이 발생하지 말라는 법은 없지 않은 가.

자연스럽게 눈앞에 있는 남자를 의심했지만, 이상한 단어 만 남발하기 시작한다.

"MBS가 아니십니까?"

"…예. …일단은요."

"……."

민철의 표정이 급격하게 진지해지기 시작한다.

그러더니 이내 주변을 둘러보면서 자신의 손목시계를 바라본다.

"일단 근처 카페에서 이야기를 나누도록 하죠. 시간 괜찮 습니까?"

"아… 네. 저야 괜찮긴 하지만… 그쪽이야말로 괜찮습니 까? 보아하니 어디 회사를 다니시는 회사원이신 거 같은데 요."

"괜찮습니다."

손사래를 저어 보이는 민철이 빙그레 웃으며 말하길.

"본래 외근이라는 건 땡땡이치라고 있는 거 아니겠습니 까."

근처에 있던 카페 머메이드에 들어간 민철은 곧장 도안을 맞은편에 앉히면서 자신이 했던 말을 다시금 내뱉는다.

"정말로 MBS 소속이 아니라는 겁니까?"

"예. 그 단체가 무엇인지도 알지 못하고… 그것보다 레벨? 그건 또 뭡니까?"

"마법을 일정 수준까지 끌어 올린 자들에게 주어지는… 일종의 계급 같은 개념입니다.

민철의 말에 도안이 고개를 끄덕인다.

'클래스 같은 개념이군.'

그렇게 납득을 하기 시작한 도안.

반면, 민철은 필사적으로 머리를 굴리면서 다음 거짓말을 시도한다.

"MBS란, 마법을 연구하는 자들이 모여 만든 일종의 비밀 결사 단체와도 같습니다."

"마법을 연구한다고요?!"

"예, 그렇습니다."

민철의 말에 무심코 소리를 내지르는 도안이었다.

하기사. 생각을 해보면 애초에 이 세계에는 대놓고 드러나는 마법사가 안 보였을 뿐이지, 마법을 사용할 수 있는 근간이 되는 마나의 양은 어느 정도 있는 편이다.

물론 레디너스에 비해서는 그 마나의 양도 적고 밀도도 낮은 편이기는 하지만 그래도 이 세계의 마나량이 마법을 전혀 사용하지 못할 만큼 적은 마나량은 아니다.

방금도 도안이 직접 마법을 사용하지 않았는가.

마나가 있으니 마법이라는 연구를 하는 비밀 단체가 있어도 이상하지 않으리라.

점점 도안은 민철의 말에 설득이 되고 있었다.

"놀랍습니다. 그런 실력을 지니고 있음에도 불구하고 MBS에 소속되어 있지 않다니."

"⋯혹시 말입니다."

도안이 슬쩍 그 MBS라는 단체에 대해 언급하기 시작한다.

"마법을 사용할 줄 아는 사람들이 그 집단에 모이는 겁니까?"

"예, 그렇습니다."

"그렇다면⋯⋯."

도안의 눈빛이 더더욱 가늘어진다.

마치 살의를 담은 듯한 그런 눈빛이었다.

"레이폰 더 데스사이드라는 이름을 가진 자도 있습니까?"

"레이폰⋯⋯."

순간 민철은 헛숨을 삼킬 뻔하다가 겨우 자신의 페이스를 되찾을 수 있었다.

설마 했던 자신의 본명이 이 청년으로부터 언급될 줄이야.

물론 MBS라든지 비밀 결사 단체라든지 그런 건 다 순전 뻥이다.

민철은 그저 레디너스 대륙 관계자가 아니더라도 이 현실 세계에서 마법을 아는 사람으로 자신을 설정하기 위해 일부러 거짓말을 한 것이다.

그런데 설마.

자신의 본명이 나올 줄이야.

그렇다면 이 남자는 틀림없이 레디너스 대륙 출신이다.

한 가지 정보는 직접 확인을 마쳤다.

뒤이어 민철이 슬쩍 질문을 던진다.

"그런 사람은… 모르겠군요. 한번 찾아봐야겠습니다. 그런데 왜 그런 분을 찾고 계시는지…….."

레이폰이 떠올라서일까.

도안의 입에서 거침없이 자신이 레이폰을 찾는 이유가 언급된다.

"그자를 찾아서 복수를 할 생각입니다."

"……."

복수.

그 단어를 듣자마자 민철의 머릿속에는 수십 가지의 생각이 지나간다.

레디너스 대륙에 있을 때 민철은 대륙의 정점에 선 자이기도 했지만, 동시에 가장 많은 적을 지닌 자이기도 했다.

본래 정상의 위치에 선다는 건 그런 것이다.

위험을 감수하고 그 자리를 지켜야 하는 것이 바로 정점에 위치한 자로서의 위험부담이니 말이다.

그렇기 때문에 민철도 나름 그 위험부담을 인지하고 있었으나…….

'설마 이 세계에서 직접 적과 대면할 줄이야.'

워낙 적이 많기 때문에 누구인지 감도 안 잡힌다.

자신을 증오하는 상위 클래스 마법사.

'누굴까.'

수많은 후보가 있었기에 누구인지 쉽사리 떠오르지가 않는다.

물론 적이 많은 만큼 아군 또한 많았다.

본래 인기 가수, 혹은 인기 연예인도 팬이 가장 많은 사람이 안티팬도 가장 많은 법이라 하지 않던가.

레이폰 더 데스사이드 역시도 같은 경우라 할 수 있다.

말로써 자신의 편을 많이 만들어뒀기에 적 또한 많다.

그런데 하필이면 2분의 1 확률에서 적이 걸리다니.

'일단 내 정체를 밝히면 안 되겠군.'

레이폰 더 데스사이드로서의 정체를 밝히는 순간, 이 청년이 어떻게 나올지도 문제다.

그리고 적어도 자신보다 마법 클래스가 더 높다는 것을 직접 눈으로 확인한 순간, 그런 엄두도 나지 않는다.

피를 볼 싸움을 굳이 만들 필요는 없다.

민철은 그렇게 생각하며 마이페이스를 최대한 유지한 채 말을 이어간다.

"레이폰 더 데스사이드라……."

고민을 하는 척 살짝 미간을 찡그린다.

표정 연기 또한 매우 중요한 리액션 중 하나에 속한다.

얼굴에 감정이 다 드러나는 것만큼 위험한 일도 없다. 만약 민철이 순간 당황한 모습을 보였다면, 청년은 끊임없이 민철을 추궁했을 것이다.

"들어본 적이 없는 이름이군요."

"…그렇습니까?"

도안의 얼굴이 급격하게 기운이 빠지는 듯한 모습으로 돌아선다.

하나 여기서 말을 멈추면 안 된다.

"그래도 MBS 회원들을 통해서 한번 조사를 시키도록 하겠습니다. 워낙 전 세계적으로 널리 퍼져 있는 단체이기 때문에 제가 모르는 회원들도 있거든요."

"아, 그래준다면 감사할 따름입니다!"

여지를 만들어둬야 한다.

계속해서 도안과 접점을 만들어둬야, 지속적으로 도안과 관계를 유지할 수 있다.

설령 그게 거짓말로 이뤄진 관계라 하더라도, 도안을 관리할 수 있는 범주 내에 둬야 한다.

그래야 문제가 발생하지 않으니 말이다.

"그것보다도 이 세계에도 마법을 다루는 사람들이 존재하는군요."

도안이 짐짓 놀랐다는 표정으로 민철을 바라본다.

"실례지만 그쪽은……."

"이민철입니다."

"아, 죄송합니다. 민철 씨의 클래스는… 아니지, 여기 세계에서는 레벨이라고 했죠?"

"예, 그렇습니다. 클래스 개념은 처음 듣는군요."

또다시 거짓말이 작렬한다.

오늘의 이민철은 말 그대로 거짓말쟁이 콘셉트다.

그러나 거짓말도 때로는 적절하게 필요할 때가 있다.

만약 여기서 민철이 거짓말을 하지 않았다면, 도심 한가운데에서 피바람이 불었을지도 모른다.

괜히 무의미한 싸움은 하고 싶지 않으니 말이다.

그리고 무엇보다도…….

'그 고차원적 존재를 불러서 한번 진하게 언성을 높여야겠군.'

아마도 차원 이동을 시킨 존재가 바로 그 고차원적 존재이리라.

민철의 마음속에는 이미 그렇게 확정이 지어진 상태였다.

많은 사람 중에서도 왜 하필이면 자신을 적으로 생각하고 있는 마법사를 이 세계로 보낸 것인가.

한숨이 절로 나오는 상황이었다.

'일단 이 녀석의 정체부터 밝히는 게 좋겠지.'

그렇게 결심한 민철이 빙그레 미소를 짓는다.

"3레벨 정도입니다."

"3레벨이라……."

레벨의 개념을 잘 모르기에 그저 중얼거릴 뿐인 도안이었다.

"3레벨이면 어느 수준의 마법을 사용할 수 있습니까? 혹시 볼 수 있습니까?"

"글쎄요. 그것보다 다른 체계의 마법을 사용하고 계시다면……."

본격적인 상대방 정체 파악하기에 돌입하기 시작하는 민철.

"혹시 여기 사람이 아닙니까?"

"……."

여기서부터가 핵심이다.

상대방의 정체를 밝히기 위해서 드디어 작은 포문을 열기 시작한 민철.

도안도 스스로가 생각을 해도 자신이 이 세계와는 다른 수준의 마법 개념을 지니고 있음을 티가 나게끔 언급했다.

그렇다면 저런 말을 들어도 이상하지 않을 터.

민철은 일부러 도안의 의심을 사지 않는 범주 내에서 말의 수위를 조절하며 하나하나씩 작은 떡밥을 투척하고 있다.

너무 한꺼번에 진도가 확 나가 버리면 상대방의 태도는 돌변하게 된다.

마치 연애 관계와도 마찬가지였다.

여자 친구를 사귀기 시작한 순간, 첫날에 모텔을 데리고 갈 수는 없지 아니한가.

물론 데려갈 수도 있다. 여자 친구가 몸도, 마음도 허락할 수 있을 정도로 첫 만남에서 남자에게 반했다면 말이다.

그러나 불행하게도 레이폰 더 데스사이드와 레이너 슈발츠라는 커플은 첫 만남부터 하트 표시가 뿅뿅 새겨질 만큼 궁합이 좋은 커플은 아니었다.

오히려 서로 적대적 관계를 유지하던 최악의 커플이다.

그렇다면 차근차근 진도를 밟아가는 게 좋다.

손부터 잡은 뒤 뽀뽀, 그리고 키스와 더불어 첫날밤까지.

물론, 둘 다 성별은 다른 편이 더 원만한 궁합을 자랑할 것이다.

"…그렇군요. 아무래도 민철 씨에게는 제가 이상하게 보이겠죠. 레벨도 아닌 클래스를 운운하고 있었으니 말이죠."

도안도 그 점은 수긍을 하게 된다.

상대방이 자신이 던진 질문을 이상하게 받아들이지 않고 수긍을 하게 되었다는 점은 실로 대단한 의미를 지니고 있다.

납득하기 시작하면, 순수하게 대답할 의지가 든다는 뜻이기 때문이다.

"레디너스 대륙이라는 곳이 있습니다. 이곳과는 다르게 마법이 당연시되는 세계죠."

"오오… 그런 곳이 있군요!"

마법을 동경하는 자로서 어떤 반응을 보여야 하는가.

그 생각을 자신에게 적용시키며 마치 레디너스를 처음 듣는 듯한 연기를 선보이는 민철이었다.

당연한 말이겠지만 그도 레디너스 대륙을 모를 리는 없다. 그곳에서 심지어 정점의 자리에 올랐던 사람인데도 모른다는 건 말이 안 될 것이다.

"그곳에서 저는 한 친구에게 배신을 당했습니다. 정말 친한 친구였지만… 그 친구를 꼬드긴 인물이 레이폰 더 데스사이드라는 녀석이죠. 희대의 사기꾼에 천부적인 거짓말쟁이라 불리던 놈입니다."

"그 사람도 당신처럼……."

"아, 죄송합니다. 도안이라고 합니다."

"감사합니다. 도안 씨처럼 마법에 재능이 있나 보군요."

"아니요, 그자는 마법에 대한 재능도, 검술에 대한 재능도 없습니다. 그저……."

도안이 자신의 손가락으로 입을 가리킨다.

"말발 하나뿐이었지요."

"그렇군요."

레디너스에 있었을 때에도 지겹도록 듣던 말이었다.

레이폰은 그저 말발 하나에 불과한 사람이었다고 말이다.

그러나 그 말발 덕분에 레이폰은 부족한 무술 실력을 채울 만큼의 수많은 소드 마스터를 자신의 편으로 만들었고, 수많은 대마법사를 자신의 산하에 거느릴 수 있었다.

오로지 말이라는 수단 하나로 말이다.

"그래서 저는 레이폰이라는 자를 찾고자 합니다. 차원 이동을 한 것은 제 의지와는 다르지만……."

"누군가를 통해서 이동이 되었다는 말처럼 들리는군요."

"뭔가… 인간이 아닌 존재 같았는데, 여하튼 그 존재 덕분에 이 낯선 세계에서 새로운 인생을 살게 된 거 같습니다."

"그렇군요."

이로써 고차원적 존재가 레이너 슈발츠를 이 세계로 넘겼음을 확신하게 된 민철이었다.

무슨 생각으로 이런 일을 저질렀는지에 대해서는 나중에 차근히 물어보면 될 일이다.

"한 가지 부탁드릴 일이 있습니다."

도안이 슬쩍 주변을 둘러보더니 목소리를 낮추며 이야기한다.

"혹시 저도 MBS에 가입할 수 있습니까?"

"가입… 말입니까?"

"예! 제 마법이 틀림없이 여러분들께 도움이 될 수 있을 겁니다! 이래 봬도 9클래스 마스터… 죄송합니다. 여기서는 레벨 개념이라서 잘 모르시겠군요."

'9클래스 마스터……!!!'

순간 민철이 헛숨을 들이삼킨다.

세상에.

그저 상위 클래스 마법사 중 한 명이라 생각했는데, 설마 9클래스 마스터일 줄이야!

말 그대로 대마법사 아닌가!

게다가 젊은 나이에 말이다!

"다른 차원에서 왔다면… 본래 이름은 무엇입니까?"

"레이너 슈발츠입니다."

'레이너 슈발츠… 그랬었군……!!'

젊은 나이임에도 불구하고 9클래스를 마스터한 최고의 대마법사, 레이너 슈발츠!

이제야 민철은 도안의 본명을 들을 수 있게 되었다.

그와 동시에 도안의 정체에 대해서도 파악하는 데에 성공했다.

'왜 이 남자가 나를 싫어하는지 알겠군.'

레이너 슈발츠.

상당히 유능하면서 동시에 마법사로서의 자존심도 있는 남자였다.

더불어 성격도 정의로운 탓에 신념 또한 강대하고 올곧은 성품을 지니고 있다.

민철은 진작부터 레이너 슈발츠를 탐내고 있었다.

그가 탐내던 인재.

그러나 레이너를 진작부터 좋지 않게 보던 남자가 있었다.

바로 그 남자의 이름이 로날리안.

레이너 슈발츠와 같은 마법사 학교 출신 동기이기도 하며, 8클래스를 마스터한 나름 실력자이기도 하다.

그 나이에 8클래스도 대단하긴 하지만, 같은 동기 중 9클래스를 마스터한 레이너가 있었기에 쉽사리 빛을 보지 못했다.

게다가 로날리안은 레이폰 더 데스사이드의 충신 중 한 명이었다.

그런데 레이폰이 계속해서 레이너 슈발츠를 탐내고 자신의 사람으로 만들려고 생각을 품고 있자, 로날리안은 질투심에 휩싸이게 되어 레이너 슈발츠라는 존재를 암살하고 말았던 것이다.

상관의 관심을 자신에게 돌리고 싶어 하는 자의 욕심이 낳은 비극적인 사건이었다.

그 이후로 레이폰은 로날리안을 파문시키고, 자신의 욕심 덕분에 희생을 당하게 된 레이너 슈발츠의 영혼을 기리기 위해 별도로 그의 죽음을 위로하기 위한 작은 신전 하나를 세우게 되었다.

'내가 넘어온 시점보다 과거의 시점에서 오게 되었군.'

어쨌든 이 세계에서 만난 것도 인연 아니겠는가.

물론 이 모든 정황을 설명해 준다 하더라도 지금 당장 도안의 오해를 풀 순 없을 것이다.

"가입 절차가 좀 걸립니다. 아무래도 비밀 결사이다 보니 신중에 신중을 기해야지요."

"그렇군요……."

뒤이어 도안이 주눅이 든 얼굴로 묻는다.

"혹시… 그 MBS에 가입하면 별도로 '급여' 도 줍니까?"

"예……?"

예상치 못한 질문.

왜 뜬금없이 급여?

"실은 제가 말입니다… 지금 당장 생활비가 없어서 말이죠……."

청진전자 심곡 지점.

그곳에서 한 남자가 정장 차림으로 목소리를 높이며 외친다.

"오늘부터 같이 일하게 된 도안이라고 합니다! 잘 부탁드리겠습니다!"

짝짝짝!

심곡 지점 식구들이 박수를 치며 도안의 입사를 환영해

준다.

한편, 도안을 바라보던 석인이 윤 주임에게 슬쩍 묻는다.

"언제 면접 보셨어요, 저 사람?"

"아니, 면접은 아니고……."

윤 주임이 어색하게 웃으면서 주변 사람들에게는 들리지 않게끔 작은 목소리로 말한다.

"민철이가 대신 꽂아줬어."

"아하, 과연……."

대한민국은 인맥 사회다.

그 인맥 사회의 결과물이기도 한 게 바로 도안의 청진전자 심곡 지점의 입사이기도 했다.

그러나 심곡 지점 사람들은 아무도 모를 것이다.

그가 대륙에서 9클래스 마스터로 활약했던 대마법사임을.

제4장

사내 연애 I

오전에 이른 출근을 마친 민철.

그의 입에서는 자연스럽게 업무가 아닌 다른 일에 관한 안건이 절로 발설되기 시작한다.

"레이너 슈발츠라……."

민철도 그의 죽음은 상당히 안타까워했다.

젊은 나이에, 그것도 믿었던 친구의 질투로 인해서 이른 나이에 숨을 거두게 된 천재 마법사.

예전부터 탐내던 인재 중 한 명이기도 하다.

올곧은 심지를 지니고 있는 정의로운 9클래스 마스터.

그러나 단점이 있다면, 오로지 마법이라는 학문을 파왔던 천재 스타일이기 때문에 수완이라든지 대인 관계에는 약간 원활하지 않는 모습을 보였다.

그도 그럴 것이, 어렸을 때부터 마법이라는 학문만 주구장창 공부해 왔던 완전 엘리트 범생이 스타일이다. 그런 그가 완벽한 수완을 보인다면, 이미 레이폰 더 데스사이드라는 존재 자체를 뛰어넘은 우수한 인재라는 뜻이 될 것이다.

수완의 원활함은 결국 단명(短命)이라는 안 좋은 결과로 이어지게 되었다.

"아무렴 어떠랴. 이미 그런 일은 물 건너갔으니……."

딱딱.

단조롭게 생긴 얇고 검은 볼펜의 똑딱이 부분을 몇 번 누르기 시작한다.

과거가 중요한 게 아니다.

현재가 중요하다.

앞으로 어떻게 민철이 그를 다루느냐에 따라 그는 적군이, 아군이 될 수도 있다.

"그나저나 MBS에 관해서는 철저하게 그 녀석에게 비밀로 부쳐 두는 것이 좋겠군. 거짓말이라는 사실이 들통 나는 순간, 모든 것이 물거품이 될지도 모르니까."

MBS도 참으로 간단하다.

마(M)법(B)사(S)의 약자를 그대로 따 와서 만든 집단 이름이다. 눈치가 없는 것인지, 아니면 순진한 것인지 도안은 이 사실을 전혀 모르는 듯하다.

어쨌든 민철의 힘으로 심곡 지점에 얌전히 꽂아줬으니, 당분간 생활고에는 시달리지 않을 것이다.

심곡 지점에 딱히 모난 사람은 없으니 대략적으로 처사만 잘한다면 알아서 월급쟁이로서 무난하게 생활을 잘 꾸릴 것이다.

일단 그에게 필요한 것은 바로 이 세계에 대한 적응이다.

인간은 적응의 생물체라 했던가. 민철도 이 세계로 건너오자마자 바로 먼저 했던 것은 노트북을 통해서 이 세계에 대한 지식과 풍습을 습득한 일이다.

그러나 도안은 그런 게 전혀 보이지 않는다.

소매치기를 잡을 때에도 그러했다.

본래는 그런 강력한 마법을 사용하면 안 되는 일이었다. 이 세계 사람들은 마법에 대해서 거의 모른다 할 만큼 무지한 지식을 가지고 있다. 그런데 그는 그런 것을 전혀 신경 쓰지 않으며 상위 클래스 마법, 그리고 정신계 마법을 남발했다.

그것은 상당히 위험한 습관이다.

민철도 도안에게는 앞으로 남들 앞에서 마법을 사용하면 안 된다고 충고를 하고 오긴 했지만, 과연 충실히 이행할 수 있을지…….

'걱정이군.'

그렇다고 심곡 지점에서 일하고 있는 그의 모습을 24시간

감시할 수도 없는 노릇이니 말이다.

감시를 한다 하더라도 자신보다 마법 클래스가 높은 도안 아니겠는가. 분명 민철이 감시 마법을 걸어도, 감시를 하고 있다는 사실 정도는 금방 눈치챌 가능성이 크다.

이 녀석을 어떻게 다뤄야 하겠는가.

연이은 한숨을 푹푹 내쉬는 민철.

그리고 민철과 비슷한 한숨을 내뿜는 사람이 존재한다.

"안녕하세요."

"아, 서 대리님. 안녕하세요. 일찍 출근하셨군요."

"네……."

목소리에 힘이 없는 서 대리가 의자에 앉자마자 민철과 같이 옅은 한숨을 내쉰다.

"하아……."

피로함에서 비롯되는 한숨이라고 보기에는 조금 힘들었다.

"무슨 고민이라도 있으십니까?"

슬쩍 모닝커피를 내미는 민철.

깔끔하게 여성용 정장을 차려입은 서 대리가 힘없이 웃으며 민철을 바라본다.

"고마워요. 별거는 아니긴 하지만……."

서 대리가 이렇게까지 대놓고 한숨을 내쉬는 일은 그리 많지 않다.

분명 그녀의 말이 거짓임을 확신한 민철이 다시 한 번 미소를 유지하면서 잠시나마 그녀의 곁에 머문다.

"직장 동료에게는 털어놓을 수 없는 고민인가 보군요."

"…가정사에 관한 이야기거든요."

"…아하."

그렇다면 타인에게 털어놓기에는 약간 껄끄러울 수도 있다.

아무리 직장 동료라 하더라도, 직장 동료가 친구라는 범주를 넘는 친밀도를 자랑한다 하기에는 조금 미묘하다.

물론 그런 경우가 전혀 없다고 볼 수도 없다.

오히려 친구보다도 더 친한 직장 동료를 가지고 있는 자도 충분히 많다.

하나 직장 내에서 업무적인 면으로 자주 트러블에 엮이게 되면, 자연스럽게 그 사람의 안 좋은 면을 접하게 된다.

그래서 확률상으로는 직장 동료와 절친 이상으로 친해질 가능성은 사실 그리 많지 않다.

"시간이 해결해 주면 좋겠어요."

"잘 해결되기만을 빌겠습니다."

민철 역시 진심을 담은 기원을 서 대리에게 들려준다.

그러나.

민철의 이런 기원과는 달리, 상황은 의외로 급박하게 흘러가기 시작한다.

홍보팀 사무실 내부에 위치한 회의실 안.

"음……."

구 부장은 처음에 서 대리가 자신에게 면담을 신청해 왔을 때에는 사실 제법 놀랄 수밖에 없었다.

오히려 남에게 곧잘 면담을 해주는 성격을 지니고 있는 서 대리가 무슨 일로 구 부장에게 면담을 신청해 오는 것일까.

물론 부하 직원의 고충과 면담을 들어주는 것도 상관으로서의 업무 중 하나이기도 하다.

'별일은 아니겠지… 라는 생각은 욕심이려나.'

구 부장도 눈치 하나는 마스터 급이다.

서 대리가 굳이 구 부장에게 면담을 요청해 올 정도라면, 분명 사소한 일은 아니니라.

그렇게 판단한 구 부장이 나름 긴장을 하면서 서 대리의 첫 화두를 경청한다.

"저희 집안이 작은 가게를 운영하고 있다는 건… 구 부장님도 잘 아시리라고 생각합니다."

"아… 그랬지. 그 뭐더라… 문방구였나?"

"네. 초등학교 앞에서 아버지, 그리고 어머니가 작은 문방구를 운영하고 있어요. 벌써 30년도 더 된 가게예요."

"어허, 오래되었네."

정말 오래되었다.

용케도 30년이라는 세월 동안 한자리를 지켜오며 가게를 운영해 왔다는 사실이 신기할 정도니 말이다.

"그 문방구는 저희 부모님들에게 있어서 추억이 담겨 있는 소중한 곳이니까요. 그래서 아마도 계속해서 문방구를 하실 거 같아요."

"좋은 이야기군."

"네. 여기까지는 정말 좋은 이야기죠."

드디어 올 것이 왔다.

꿀꺽.

침을 삼키면서 나름 긴장을 하기 시작하는 구 부장.

이제 본격적으로 서 대리가 품고 있는 고충을 들어야 할 시간이 된 것이다.

그리고 그 고충에 관한 충격은.

실로 어마어마했다.

"몇 달 뒤에… 퇴사를 하고 부모님이 운영하시는 문방구의 대를 이을까 해요."

"그러니까… 서미나 대리가 정확히 3달 뒤에 퇴사를 한다 이 말씀이죠?"

"그렇다니까 그러네. 하아, 진짜……."

옥상에서 담배를 뻑뻑 피우기 시작하는 구 부장.

그의 말을 들어주고 있던 차 실장이 이해가 잘 안 가는 표정을 지어 보인다.

"아니, 가업을 잇는 것도 좋은데… 제가 알기로는 서미나 대리가 장녀도 아니고, 2남 2녀 중 차녀로 알고 있습니다. 가업을 아을 다른 형제자매들도 많은데 왜 굳이 서미나 대리가? 게다가 제가 이런 말을 하기에도 좀 그렇지만… 청진그룹 아닙니까? 다른 곳도 아니고 그 유명한 청진그룹 본사에 얌전히 다니고 있는 아이를 굳이 가업에 투입시켜야 할 이유가 있습니까?"

"뭐… 이건 조금 복잡한 사정이 있긴 하지만."

구 부장이 근처에 있는 재떨이에 담배를 비벼 끄기 시작한다.

"다른 남매들은 가업을 이을 생각이 애초에 없다고 하더라. 각자 살기에도 빠듯한데, 돈도 잘 못 버는 문방구를 굳이 이을 필요는 없다고 생각을 했나 봐."

"그럼 서 대리도 거절하면 될 일 아니겠습니까? 서 대리처럼 유능한 사람을 그저 문방구라는 곳에 투입시키기에는 너무 아깝다고 생각합니다."

"네가 서 대리랑 일을 같이 한 적이 거의 없어서 그래. 그 녀석, 겉보기에는 노처녀 히스테리에 엄청 깐깐한 녀석처럼 보여도 실은 정이 엄청 많은 녀석이거든. 태봉이 녀석이 퇴사를 할 때에도 자진해서 같이 오랫동안 술자리에 어울려 주던 녀석이야. 그렇게까지 술을 싫어하면서도 말이지."

"······."

"타인에게도 정이 많은 사람인데, 부모님의 추억이 어려 있고, 게다가 4남매를 키운 소중한 곳인데 이제 와서 가업을 이을 사람이 없다는 이유만으로 문방구를 팔겠다고 한다면, 오히려 서 대리는 그걸 납득하지 못하겠지. 차라리 청진그룹 본사라는 번듯한 직장에 다니고 있다 하더라도 그 회사에서 나오는 한이 있더라도 가업을 이을 사람이야, 서미나라는 여자는."

차 실장에게는 사실 잘 이해가 가지 않는 선택이었다.

아니, 사실 차 실장이 아니더라도 그 누가 이 이야기를 들었다 하더라도 보통은 문방구보다는 청진그룹 본사 직원의 길을 택할 것이다.

"그래도 난 나름 이해는 했어."

또다시 담배를 꺼내 입에 문 구 부장이 계속해서 말을 이어간다.

"사람이라는 건 말이야, 제아무리 물질적인 면이 빠방한 직장이라 하더라도 결국 정신적인 면이 행복하지 않으면 제대로 그 직장을 오래 다닐 수 없어. 인간이란 존재는 매우 섬세하니까. 돈을 아무리 많이 준다고 한들, 정신적으로 행복하다는 감정을 느끼지 못하면 내가 이 일을 왜 하고 있나라는 회의감마저 들지. 결국 돈이라는 건 말이야, 자신이 최소한 먹고살 수 있는 수준까지만 벌면 돼. 아무리 개같이 많이 벌어봤자 뭐하나? 결국 회사원이라는 지위를 가지고 있는 한, 대한민국 상위 0.1%에 들지도 못해. 그럴 바에야 차라리 적당히 자신이 하고 싶은 일을 하면서 먹고살 만큼의 수준만 돈을 벌면 그만이지."

"그런 겁니까?"

"적어도 내 생각으로는 그렇다고."

"부모님들이 적어도 서 대리가 조금 더 일을 할 수 있을 만큼만 문방구를 맡아준다면 좋을 텐데 말이죠."

"그것도 퇴사의 이유 중 하나야."

차 실장에게 말을 하지 않은 사실 하나를 더 언급한다.

"두 분 다 조금 많이 편찮으시다 하더라고."

"건강이 많이 안 좋으신가 보군요."

"그래. 장남 집안이 간병을 하며 당분간은 같이 데리고 살고는 있지만, 그렇다고 문방구까지 책임지기에는 여력이 많이 딸리는 편이지. 장남 집안이 편찮으신 부모님을 책임지고 있는데, 거기에 문방구까지 책임지라고 하면 그야말로 짐덩어리를 더블로 주는 거 아니겠나."

"다른 남매들은요?"

"외국에 있어."

"아하……."

하기사. 외국에서 잘 살고 있는데, 굳이 한국으로 다시 들어와서 문방구나 하고 싶어 할 만한 사람이 과연 몇이나 될까.

"그렇다면 구 부장님은 서 대리의 퇴사를 받아들일 예정입니까?"

"물론."

길게 담배 연기를 내뿜는 구 부장.

"아까도 말했지만, 결국 인간이 돈을 벌기 위한 목적은 정신적으로 행복해지기 위함이야. 행복이라는 이름의 자기만족을 채우기 위해서 서 대리가 퇴사를 선택했다면, 나는 서 대리의 의견을 존중해 줄 거야."

"…뭔가 아쉽군요."

인사를 담당하고 있는 차 실장의 말에 구 부장이 쓴웃음을 지으며 진심을 담은 한마디를 내뱉는다.

"그건 나도 마찬가지야, 이 사람아."

       *   *   *

청진전자 심곡 지점.

민철 덕분에 생산직 공장에서 온갖 욕을 들어먹으면서 고생하던 나날보다는, 잡무를 하면서 매장에서 일을 하게 된 도안은 요즘 들어 이 세계에서 좀 살 만한 기분을 느낄 수 있었다.

근무 환경도 비할 나위 없이 좋고, 무엇보다도 가장 마음에 드는 건 따로 있다.

바로 월급!

액수가 일단 빠방하다는 점, 그리고 월급이 밀리는 거 없이 바로바로 지급이 된다는 점 덕분에 도안은 매우 흡족함을 느낄 수 있었다.

'역시 MBS! 마법이란 학문으로 뭉친 집단답게 신뢰가 가는군.'

더불어 민철에 대한 신뢰도 역시 상승하기 시작한다.

물론, 민철의 정체가 자신이 찾고 있는 레이폰 더 데스사이드라는 사실은 까마득하게 모르고 있었지만 말이다.

잠시 일을 중지하고 휴식을 취할 겸 휴게실로 향하는 도안.

바로 그때, 윤준호 주임이 짧은 침음성을 내뱉으며 휴게실 안으로 들어온다.

"어이쿠… 허리 아파 죽겠네."

"윤 주임님, 무슨 일이십니까?"

놀란 도안이 재빠르게 윤 주임에게 다가온다.

그러자 살짝 고통에 일그러진 윤 주임이 어색하게 웃으면서 별거 아니라는 식으로 말을 해주기 시작한다.

"잠깐 에어컨 좀 옮기다가… 허리를 삐긋한 거 같아."

의자에 앉는 순간, 뒤이어 휴게실로 들어온 유석인과 김대한이 걱정 어린 얼굴로 윤 주임에게 병원에 갈 것을 제안한다.

"윤 주임님, 제가 서 과장님한테 말씀드릴 테니 병원 한번 갔다 오시는 게…….”

석인이 제안을 해보지만, 윤 주임은 그저 고개를 절레절레 흔들면서 석인의 제안을 거절한다.

“괜찮아, 괜찮아. 조금 쉬면 나아지겠지.”

“그치만…….”

윤 주임도 이런 면에서는 은근히 고집이 있다.

그 점을 잘 알고 있기에 석인도, 그리고 대한이도 서로 난감하다는 듯이 눈빛 교환을 한다.

한편, 도안이 무언가 결심한 듯이 윤 주임에게 다가간다.

“윤 주임님. 잠시 누워계실 수 있습니까?”

“눕는 거야 어렵지 않… 으헉?!”

누우면서도 통증이 느껴지는 모양인지 자신도 모르게 새된 비명을 내지른다.

“역시 병원에 가시는 게…….”

이때를 틈타 대한이 다시 한 번 병원행을 제안해 본다.

그러나 그 순간.

놀라운 광경이 펼쳐지기 시작한다.

“흡!”

짧은 기합과 함께 도안이 윤 주임의 허리에 손을 올려놓는다.

우우웅!

푸른색을 띤 마나의 기운이 도안의 손끝에 점차적으로 모여들기 시작한다.

마나를 조금이라도 다룰 줄 아는 사람이라면, 혹은 마법에 대한 지식을 보유하고 있는 자라면 도안이 현재 무엇을 하고 있는지 쉽사리 눈치를 챌 수 있을 것이다.

기초적인 마법 중 하나인 '힐링(Healing)' 이었다.

치유계 마법 중 가장 기본적인 마법이기도 하며, 찰과상이라든지 근육통, 혹은 지혈 등 여러 방면에 이용되는 만능 치유 마법이다.

윤 주임의 허리에 힐링 마법을 발동한 지 채 1분이 지났을까.

"음⋯⋯?"

뭔가 자신의 몸에 이상 현상을 눈치챈 모양인지 윤 주임이 살짝 상반신을 들어 올린다.

그러자 석인과 대한이 기겁을 하면서 윤 주임을 말리려 한다.

"윤 주임님! 그러다가 또 다치십니다!"

"그냥 얌전히 누워계시는 편이⋯⋯."

"아니, 잠깐만."

자신을 만류하려는 두 남자를 향해 오른손을 들어 올리며 만류하는 윤 주임.

그러더니 이내, 누워 있던 자세에서 다시 상반신을 일으켜 의자에 앉아 보인다.

"…어라?"

고개를 갸우뚱하더니, 이제는 마치 스트레칭을 하듯 허리를 이리저리 돌려 보이는 게 아닌가!

허리를 삐끗한 상태에서 하는 몸동작이라고 하기에는 너무나도 자연스럽고, 그리고 너무나도 시원한 느낌을 선사해 주고 있었다.

"이제 괜찮으실 겁니다."

도안이 만족스러운 미소를 지어 보이며 말을 한다.

도대체 무슨 일이 벌어진 것일까.

도안이 그저 윤 주임의 허리 위에 손을 올려놓았을 뿐인데, 삐끗했던 윤 주임의 허리가 멀쩡해졌다.

아니, 오히려 전보다도 더 건강해진 듯한 착각마저 들 정도였다.

"이제 괜찮… 네……?"

당사자인 윤 주임도 믿기지 않는다는 듯 얼떨떨한 표정으로 말한다.

"정말입니까?"

"괜히 일부러 저희 때문에 괜찮은 척하시는 건 아닌지……."

석인의 말에 뒤이어 대한도 의심의 눈초리로 다시 한 번 윤 주임에게 현재의 상태를 묻는다.

하나 몇 번을 그렇게 되물어도 윤 주임이 내뱉는 대답은 한

결같았다.

"진짜로 멀쩡한데?"

"······?!"

말도 안 된다!

아무리 사람의 손 중에 약손이라 불리는 유의 손이 있다고는 하지만, 그렇다고 허리에 손을 올려놓는 것만으로도 삐끗한 허리가 완전히 나은 상태로 변하다니.

"제가 가진 몇 안 되는 재능 중 하나입니다. 아, 아하하하······."

현실 세계에서는 마법을 사용하는 티를 너무 내서는 안 된다.

뒤늦게 민철의 경고가 떠오른 모양인지 도안이 최대한 어색한 티를 내지 않으려 웃음으로 얼버무린다.

그러나 그가 현재 지어 보이는 웃음은 심곡 지점에 입사한 이후로 가장 어색하기 짝이 없는 웃음이었다.

그렇다 하더라도······.

"이 친구 손이 제대로 약손인가 보네. 하하하! 놀랐어, 놀랐다고."

윤 주임이 강하게 도안의 어깨를 토닥여 준다.

이게 현실이다.

아무리 마법을 선보여도, 이 세계의 인간들은 도안이 결코 '마법'이라는 수단을 통해서 윤 주임을 치료했다는 사실을 눈치채지 못한다.

왜냐하면 애초에 이 세계에서 마법이란 단어는 비현실적이며 비상식적이고 과학적이지 않은 수단이기 때문이다.

초자연현상을 이들이 쉽사리 믿을 수 있겠는가.

천만에.

오히려 실제로 직접 두 눈으로 확인했다 하더라도 꿈이거나 아니면 자신들이 너무 업무를 많이 해서 피곤한 탓에 환각을 봤을 거라고 생각해 버릴 것이다.

그것이 바로 도안이 처하게 된 현실이다.

'…그렇군.'

어렴풋이는 알고 있었지만, 이 세계는 정말로 마법이라는 존재와 친숙하지 않다.

마법이라는 학문 분야 덕분에 엘리트라는 소리를 듣고, 존재 가치가 한없이 무제한으로 측정되던 레이너 슈발츠란 남자는 즉.

이 세계에서는 어떤 가치도 인정받지 못한 학문에 재능을 지닌, 평범한 사람에 불과하다는 뜻이다.

그럼에도 불구하고 MBS라는 집단을 만난 것은 행운이다.

만약 그런 집단이 없었다면, 레이너 슈발츠는 정말로 쓸모없는 인간이 되었을지도 모르기 때문이다.

물론, 그게 민철의 거짓말로 인해 마련된 설정이라는 걸 도안은 아직 깨닫지 못했다.

청진그룹 본사.

홍보팀 내부에서는 생각지도 못한 깜짝 발표가 이어지고 있었다.

"에······."

구 부장이 슬쩍 사무실 내부 직원들의 눈치를 본다.

설마 눈치의 왕이라 불리던 구 부장이 사무실 내부 직원들의 눈치를 오히려 보게 되는 날이 올 줄이야.

"갑작스럽지만, 서미나 대리가 3개월 뒤, 퇴사를 하게 되었습니다."

"예······?!"

놀란 사무실 직원들이 짧은 탄성을 자아낸다.

설마 그 서미나 대리가?

지금까지 군기 반장으로 홍보팀을 이끌어가던 젊은 여성. 우먼 파워가 뭔지를 제대로 보여줬던 서미나 대리가 갑자기 퇴사를 발표하게 되었다.

홍보팀 내부로서는 충격일 수밖에 없었다.

특히나 그중에서도 가장 충격을 받을 만한 인물은 따로 있었다.

"서 대리님이······!!"

바로 김대민이었다.

서 대리에게 남몰래(민철은 알고 있지만) 사랑이라는 이름의 감정을 품고 있던 한 남자에게 서 대리의 퇴사 소식은 말 그대로 충격이었다.

어찌 보면 태봉의 배신행위보다도 더욱 충격일 수밖에 없었다.

"뭐어… 자세한 이유는 나중에 천천히 설명을 해줄 테니 너무 서 대리에게 퇴사 이유에 대해서 묻지는 말고. 일단 남은 기간 동안 잘해주길 바랍니다."

도대체 무슨 일일까.

공적인 자리에서 대놓고 밝힐 수 없다는 뜻은…….

'필히 개인적인 사유와 연관이 있다는 의미겠군.'

민철은 이미 구 부장의 말 하나하나에서 서 대리의 퇴사에 관한 정보를 실시간으로 얻어내고 있었다.

말이라는 것은 결국 정보가 담긴 하나의 소식통이기도 하다.

구 부장이 말을 하면 할수록, 민철은 서 대리에 관한 정보를 유추해 간다.

그러나 그것도 잠시.

"여튼 자자, 이제 슬슬 일들 합시다."

"예."

사무실 직원들이 다시 제자리로 돌아가기 시작한다.

물론 서 대리 역시 마찬가지다.

퇴사 발표를 하긴 했지만, 그렇다고 일을 게을리할 수는 없다.

애초에 그런 안이한 태도는 서 대리에게도 어울리지 않는다.

"……."

자리로 돌아온 서 대리.

방금 전까지만 하더라도 그녀에 관한 어마어마한 뉴스가 들려왔지만, 그녀는 다시 평소와 같은 모습으로 업무에 임한다.

오히려 그녀보다도 더 안절부절못하는 사람은 따로 있었다.

'민철 씨!!'

입을 뻥끗거리면서 민철을 호출하기 시작하는 남자, 대민.

'잠시 휴게실로 좀 가시죠!!'

"……."

기다리고 있었다.

이 제안이 올 줄 알았다.

한숨을 푹 내쉬면서 민철이 손으로 오케이 사인을 보내자, 대민이 자리를 박차고 일어서며 다급하게 사무실 바깥을 나선다.

너무나도 빠른 퇴장 속도에 구 부장과 유 실장, 그리고 서 대리와 더불어 막내인 유호수도 이상하다는 듯이 대민의 뒷모습을 응시한다.

'당황하는 게 티가 확 나는군.'

감정이 겉으로 전부 다 드러난다.

저 사람은 외교라든지 협상 테이블에 앉으면 안 될 만한 사람임을 다시금 확인한 민철이었다.

"어, 어떻게 합니까?! 민철 씨!!"

"…글쎄요."

대민이 서 대리에게 이성적으로 관심을 가지고 있다는 것은 오로지 민철만이 알고 있는 사실이다.

그래서 늘상 그의 연애 고민도 이렇게 민철만이 혼자서 단독으로 들어줘야 하는 일이 허다하다.

덕분에 사실 서 대리가 퇴사 발표를 했을 때에도 민철은 이런 식으로 대민에게 불려 나가 그의 고민을 들어주게 되는 일을 쉽사리 예측할 수 있었다.

"뭐어… 일단은 말입니다."

민철이 진정하라는 식으로 대민에게 신호를 보낸다.

"생각을 우선 해보는 게……."

"이제 시간이 없습니다요!!"

꽥! 하고 소리를 지르는 대민.

"계속 어물쩍거리다가 언제 제가 서 대리님에게 좋아한다고 고백을 하겠습……."

대민의 말이 끝나기도 전이었다.

"아……."

자연스럽게 휴게실 문을 열고 들어오려던 누군가가 순간 대민의 말을 들었는지, 문을 열려던 자세에서 어정쩡하게 정지 화면마냥 행동을 멈추고 만다.

못 들을 것을 듣고 말았다.

마치 그 표정이었다.

그리고 대민이 조심성 없이 자신의 속마음을 그대로 겉으로 표출하다가 이 비밀 발언을 들어버린 인물은 바로…….

한경배 회장의 딸, 한예지였다.

"죄, 죄송해요! 일부러 들을 생각은 없었는데…….

"…….

순간 당황한 예지가 버둥거리면서 휴게실 문을 닫고 황급하게 바깥으로 나가려던 찰나였다.

"잠깐 스토옵!!"

대민의 움직임이 비정상적으로 빠르게 움직인다!

닫히기 직전, 휴게실 문을 붙잡고 예지의 손목을 낚아챈 대민.

"꺄악?!"

새된 비명을 지르는 예지였지만, 그런 건 무시하면서 강제적으로 예지를 휴게실 안으로 들여놓는다.

그러면서 주의를 둘러보기 시작하던 대민이 씩씩거리면서 예지에게 강압적으로 말한다.

"예지 씨도 이제 한 배를 탄 겁니다…….

"아, 아하하……."

정말 피하고 싶은 자리였음을 그대로 얼굴에 드러내는 예지였으나…….

아무래도 피하기 힘든 자리인 것으로 보인다.

민철은 그저 소소한 위로를 담은 시선으로 예지를 바라볼 수밖에 없었다.

*   *   *

"…이러한 이유로 인해서 휴게실에서 그런 이야기가 나오게 된 것입니다."

민철이 그간의 자초지종을 모두 설명해 주기 시작한다.

대민이라는 남자가 지금까지 서 대리에게 관심이 있었다는 사실도.

그리고 서 대리가 3개월 뒤, 퇴사를 결정하게 되었는데 그전에 대민이 뭔가를 해야 하지 않겠냐는 것 등등.

"그렇군요."

고개를 끄덕이며 모든 정황을 잘 이해했다는 표현을 보여주는 예지였으나.

"근데 그게 왜 고백이랑 이어지는 건가요?"

"……."

"서 대리님이 관두는 것과, 고백을 해야 하는 것과… 어느 시선으로 봐야 연결성이 생기는 것인지 저는 잘 모르겠어요."

"그거야……."

순간 말문이 막힌 대민이 자신의 생각을 풀어 설명한다.

"앞으로 만날 기회가 없어서 그런 거… 아닐까요?"

"대민 씨가 직접 찾아가면 충분히 만날 수 있지 않나요?"

"그치만 거리도 있고……."

"좋아하신다는 여성분인데, 거리가 딱히 문제가 되나요?"

"……."

의외의 반론에 순간 대민은 할 말을 잃고 만다.

한편 민철은 두 사람의 대화를 흥미진진하게 듣기 시작한다.

'이것이 바로 여성과 남성의 관점에서 오는 의견 차이인가.'

누가 봐도 사소한 대화로 보일지 모르지만, 민철의 입장에서는 이 시간조차 실로 매우 귀중한 시간이 되고 있었다.

제아무리 민철이 말을 잘하는 사람이라 하더라도, 그는 결국 남자다.

여자의 사고방식은 아마 민철로서는 평생 이해할 수 없을 것이다.

이것은 생리적이기도 하고 민철이 절대로 극복할 수 없는 요소이다.

그가 유일하게 납득하고 정복하지 못한 분야.

그게 바로 여자의 마음 아닐까.

이 현대 시대로 넘어온 이후에도 민철은 체린이라는 여자의 마음도 사실 제대로 이해하지 못한다.

물론 일반 상식선에서 모든 사람이 공통적으로 이러이러하다는 생각을 품게 되는 분야라든지, 그런 쪽이라면 여성이라 하더라도 그 사람이 어떻게 생각하는지에 대해서는 민철도 충분히 예측이 가능하다.

하지만.

특히나 연애라는 분야에선 여성의 심리는 남자의 입장에서 이해하기 대단히 어려운 난이도로 상승하게 된다.

'여자의 연애 심리학'이라는 시험 과목이 있다면, 민철은 절대로 만점을 받을 수 없을 것이다.

그만큼 민철도 어려워하는 것이 바로 연애에 관한 여성의 심리이다.

"물론 몸이 멀어지면 마음도 멀어진다는 말이 있지만, 정말로 좋아한다면 그 정도 시련은 극복할 각오가 되어 있어야 한다고 생각해요."

"그, 그렇군요……."

"거리가 문제가 아니에요. 만나는 횟수도 문제가 아니구요. 중요한 건 대민 씨의 마음가짐과 실천으로 이행할 수 있는 각오와 결심이 아닐까요? 어쩌면 서 대리님도 그런 행동력 있는 남자를 기다리고 있을지 몰라요. 무엇보다도 서 대리님도 결혼 적령기이기도 하니까요."

"……."

설득력 있게 다가오기 시작하는 예지의 충고였다.

곁에서 이 이야기를 듣고 있던 민철도 무의식적으로 고개를 끄덕인다.

"…알겠습니다."

대민이 자신의 무릎을 강하게 내려친다.

"감사합니다. 예지 씨 덕분에 결심을 내릴 수 있을 거 같습니다!"

"도움이 되었다니 다행이에요."

예지가 빙그레 미소를 지어 보인다.

그녀의 한마디가 직장 동기에게는 커다란 위로가 되어준 것이다.

그 사실이 예지에게 보람이라는 감정으로 다가왔다.

그러나 문제는 여기서 벌어지게 되었다.

"지금 당장 고백하고 오겠습니다!"

"아니, 그건 아니라고 생각합니다만."

벌떡 일어서며 휴게실을 나가 서 대리에게 고백할 기세로 뛰쳐나가려고 하던 대민.

그 순간, 민철이 무의식적으로 그의 뒷덜미를 잡아 강제적으로 의자에 앉혀둔다.

쿵!

그의 육중한 몸이 고작 민철의 오른팔 하나에 제압된 것이다.

"민철 씨! 어째서입니까? 지금이야말로 저의 불타는 마음을 행동력으로 보여줘야 할 때 아니겠습니까!"

"무턱대고 고백하는 건 그저 상대방에게 민폐입니다. 제대로 상황을 봐서 고백을 하세요."

"그치만……."

"예지 씨도 그렇게 생각하죠?"

민철이 동의를 구하기 위해 졸지에 대민의 연애 상담자가 되어버린 예지에게 도움을 구한다.

어색하게 웃으면서 고개를 끄덕여 주는 예지의 반응에 대민이 한숨을 푹 내쉰다.

"그렇다면 전 언제 고백을 해야……."

난감한 일이다.

대민은 눈치 없기로 소문난 동기 중 한 명.

예지도 그 사실을 잘 알고 있기에 이번만큼은 그에게 어떠한 충고를 내려줘야 좋을지 모르겠다는 표정을 지어 보인다.

이럴 때에는…….

"……."

"……."

대민과 예지의 시선이 절로 남은 한 사람에게 향한다.

동기들 내에서도 가장 유능하기도 하며, 이상하게도 묘하게 일마다 의지할 수밖에 없는 인물.

그것이 바로 이민철이라는 인물이다.

심지어 연애에 대해서도 말이다.

"왜 다들 저를 바라보시는지……."

민철도 이번 일만큼은 사실 그다지 관여하고픈 생각은 그다지 없었다.

연애라는 것은 지극히 개인적인 일이다.

그 개인적인 일에 자신이 관여하게 된다면, 혹여나 대민이 고백에 실패하게 된다면 두고두고 그에게 한탄 소리를 듣게 될지도 모르기 때문이다.

"아니요, 그냥 저도 모르게 절로 보게 되는 거 같아서요."

속마음을 솔직하게 털어놓는 대민.

예전부터 대민의 연애 상담자는 바로 민철이었다.

물론 일시적으로 예지가 되었지만 말이다.

"하아……."

깊은 한숨을 내쉬기 시작하는 민철이 어쩔 수 없다는 식으로 머리를 긁적여 보이기 시작한다.

"…알겠습니다. 도움이 되어드리도록 노력하죠."

"가, 감사합니다! 민철 씨!"

대민이 벌떡 일어나 민철의 두 손을 마주잡는다.

그러나 이 남자는 타이밍이라는 걸 지극히도 모르는 사람이다.

"어떤 식으로 도와주시려는 건가요?"

궁금증을 이기지 못한 예지가 슬쩍 민철에게 작전을 듣고 싶다는 생각을 어필한다.

매번 그가 세운 작전은 제대로 먹혀들어 갔기 때문이다.

이번에는 과연 그가 어떤 놀라운 일을 선보일까라는 궁금증이 예지를 자극한다.

"대민 씨가 할 일은 지극히 간단합니다."

가볍게 한숨을 내쉬는 민철이 정말 간단한 할 일을 언급한다.

"10월 24일, 저녁 10시 32분 즈음에 서 대리님에게 고백하면 됩니다."

"…네???"

대민과 예지가 어이가 없는 시선으로 민철을 재차 바라본다.

고백하라는 건 납득했다.

그런데.

"왜 하필이면 10월 24일 저녁 10시 32분입니까? 시간이 쓰잘데기 없이 정확한데요?!"

"그냥 그렇게 알아두시기만 하면 됩니다. 고백할 상황이 자연스럽게 만들어질 테니까요. 그때가 되면 대민 씨의 결정에 모든 것이 달리게 될 것입니다. 그 순간이 아니면 제가 보기에는 고백할 수 있는 타이밍은 좀처럼 오지 않을 거 같군요."

"……"

"아무쪼록 성공하시길 기원합니다."

그렇게 말하고 난 뒤.

민철은 미련 없이 휴게실 문 바깥을 나선다.

한동안 그의 뒷모습을 멍하니 바라보기 시작하던 예지가 대민에게 묻는다.

"24일 날에 무슨 일 있나요?"

"글쎄요… 저도 잘……."

아무리 생각해도 뭔가 딱히 특별한 날은 아니다.

요즘 이런 거 많이 있지 않은가.

고백 데이라든지, 빼빼로 데이라든지, 발렌타인데이라든지 이런 거 말이다.

그러나 딱히 그런 날도 아니고, 그저 평범한 날에, 그것도 칼같이 정해진 시간에 고백을 하라니.

"이해가 잘 안 되네요……."

예지는 민철의 머릿속이 도대체 무슨 생각을 하고 있는지 궁금해질 지경이었다.

민철은 요즘 들어 한 가지 재미있는 일에 빠져 있었다.

이름 하야 홍보팀 생활일지.

애초에 그는 사람을 관찰하고 분석하는 일을 매우 좋아했다.

그런 그에게 1년 가까이 좁은 공간에서, 매번 같은 업무와 같은 사람들과 일을 하게 만든다면 민철은 본인이 싫어도 저 사람이 어떤 성향을 지니고 있는지에 대해서 충분히 100% 가까운 행동 분석을 할 수 있다.

물론 그중에서 가장 분석이 쉬웠던 인물은 바로 김대민이라는 남자다.

생각하는 것과 행동이 일치하는 남자.

민철이 내린 결론은 바로 이것이다.

그 덕분에 회사 내에서는 눈치 없는 녀석이라는 소리도 듣지만, 동시에 분위기 메이커라는 소리도 듣는다.

화기애애한 분위기를 담당하는 게 바로 대민이기 때문이다.

대민이 분위기 메이커라면, 서 대리는 분위기 다운 메이커라고 할 수 있다.

깐깐한 성격이 다른 사원들을 긴장하게 만든다.

그것이 서 대리의 임무이기도 하며 동시에 업무다.

적당한 긴장감은 일의 효율성을 올려주기 때문이다.

그밖에 유흥거리를 좋아하고 아이스크림 먹거리가 취향은 은근히 어린아이 같은 성격을 지니고 있는 유 실장이라든지, 눈치의 왕인 구 부장이 있다.

최근까지 분석 100%를 달성하는 게 가장 어려웠던 인물.

그게 바로 구 부장이었으나…….

가드가 단단한 구 부장도 최근 들어서 민철에게 거의 100% 가까운 분석을 당하고 말았다.

아무래도 중국 출장이라든지 여러모로 구 부장과 자주 어울려 다니다 보니 그간 사무실에서 볼 수 없었던 행동이나 습관 등을 알게 된 것이 컸다.

여차저차해서 홍보팀 내부 사무실 인원들의 분석을 거의 다 마친 민철에게 새로운 미션이 떨어지게 된 것이다.

'설마 분석 100%에 근접할 때 즈음에 이런 일을 벌이게 될 줄이야.'

볼펜을 몇 번 매만지기 시작하는 민철.

그의 머릿속에는 가히 홍보팀 내부 인사들의 모든 행동이 예상되기 시작한다.

10월 24일.

민철이 예상하기로는…….

바로 그때 즈음에 유 실장이 회식을 제안할 것이다.

왜냐하면.

"부장님. 23일에 그거 나오지 않습니까?"

"뭐가?"

"체육대회 상금이요."

"넌 그런 건 잘도 꿰차고 있다?"

"그거야 뭐……."

구 부장과 사담을 나누고 있던 유 실장이 슬쩍 체육대회 상금에 대해 언급한다.

"그날에 회식이라도 한번 하죠?"

"회식이라… 너, 그걸 노리고 일부러 나한테 상금 이야기를 한 거냐?"

"하하하, 물론입니다."

역시 유흥문화를 사랑하는 남자, 유 실장다운 제안이었다.

여기까지는 민철의 예상대로 흘러가고 있었다.

하나 그의 유추와는 다르게 날짜는 바로 10월 23일.

그러나.

민철은 이미 구 부장의 성격을 잘 알고 있다.

구 부장은 유 실장과는 다르게, 전날 출근할 일이 생기면 밤늦게까지 회식 자리에서 술을 퍼마시거나 하는 그런 성격은 결코 아니다.

유 실장과는 다르게 말이다.

23일이면 바로 목요일이다.

구 부장의 성격상, 분명 회식을 금요일로 미룰 것이다.

대부분 이런 형태의 회식 날짜가 많이 조정된 것도 구 부장의 성향이었기 때문이다.

"그냥 24일로 잡자. 어차피 금요일이기도 하고, 별다른 일도 없어서 주말에 출근하는 사람들도 거의 없을 테니까 말이야."

그리고 유 실장은 구 부장의 결정에 크게 자신의 의견을 주장하지 않는다.

"알겠습니다. 그럼 24일에 회식하는 걸로 알고 있겠습니다 ~!"

기분이 업된 유 실장이 룰루랄라 자신의 자리로 돌아간다.

대략 저런 식이다.

그렇기에 민철이 10월 24일이라는 날짜를 잡은 것이다.

이 모든 대화를 근처에서 몰래 경청하고 있던 대민이 자연스럽게 민철을 바라본다.

놀라 벙찐 표정으로 말이다.

그런 그에게 민철은 그저 엄지손가락을 추켜올려 줄 뿐이었다.

방금 전까지 별거 아닌 것처럼 보였던 10월 24일.

그저 평범한 날처럼 인식되었던 그날에 회식이라는 의식 행사(?)가 잡히게 되었고, 졸지에 대민의 고백 데이로 거듭나게 된 것이다.

하지만 문제는 바로 지금부터다.

날짜는 둘째 치고.

과연 민철의 예언대로 10시 32분에 고백할 수 있는 환경이 조성될 수 있을지…….

제5장

사내 연애 II

"읏차!"

심곡 지점의 윤 주임은 점심을 먹자마자 다른 직장 후임들과 같이 냉장고라는 거대한 가전제품과 끙끙거리며 씨름 한 판을 벌이고 있었다.

가전제품 중 세탁기와 더불어서 규모가 제법 큰 축에 속하는 냉장고.

장정 4~5명이 겨우겨우 달려들며 트럭 뒤에 냉장고를 싣는 데에 성공한다.

"휴우!"

깊은 한숨을 내쉬면서 미션 성공을 알리는 윤 주임.

"수고들 했어!"

"수고하셨습니다!"

후임들이 우르르 다시 심곡 지점 내부로 들어간다.

언제까지 냉장고 하나에 전 직원들이 매달릴 수도 없는 노릇이기 때문이다.

윤 주임이 트럭 운전을 위해 자리를 잡자, 옆자리에 자리를 잡는 한 인물.

바로 얼마 전, 민철 덕분에 심곡 지점으로 취직을 하게 된 도안이었다.

"신참, 배달 일은 처음이지?"

"아, 네! 처음입니다."

"하하하, 가끔 이런 식으로 우리가 직접 배달 일도 나가거든."

"주임님이 매번 이렇게 직접 나가시는 겁니까?"

"그냥… 매장에 있기 싫을 때 정도?"

즉, 눈치 보기 싫어서 일부러 나가는 외근이란 뜻이다.

"오늘의 서 과장님, 엄청 민감하신 때잖아. 대놓고 소리를 지르시는 분은 아니지만, 그래도 업무적인 면에 있어서 엄청 깐깐하신 분이니까. 때로는 오늘처럼 알아서 슬슬 피해야 하는 시기가 있어."

"안 좋은 일이라도 생긴 겁니까?"

"글쎄다. 정확한 건 모르겠지만… 아마 장부상에 뭔가 맞지 않는 게 생긴 모양인가 봐. 본래 서 과장님, 그런 거 엄청 신경 쓰거든."

"그렇군요."

"본사에서 괜히 감찰이라도 나왔다가 걸리면… 으아, 상상하기도 싫다!"

몸서리를 치기 시작하는 윤 주임이었다.

덕분에 서 과장의 기분은 하루 종일 다운 상태.

그 상황을 회피하고자 일부러 외근의 길을 선택한 것이다.

"자, 후딱 가자!"

"네!"

부르릉!

차에 시동을 걸고 움직이기 시작하는 심곡 지점의 트럭.

냉장고를 싣고서 그들이 향한 곳은…….

바로 어느 작은 문방구였다.

"상당히 낡아 보이는 곳이군요."

하차하자마자 도안이 내뱉은 첫 감상이었다.

초등학교 앞에서 30년 이상 장사를 해왔다는 말을 들었을 때에는 사실 도안의 입장에서 믿지 못할 일이기도 했다.

레디너스 대륙에서도 한 가지 직종을 가지고 오랫동안 일을 해온 사람들은 종종 봐왔다.

그러나 한국이라는 나라에서 이렇게 오랫동안 한 가지 일에 종사한 사람들은 거의 보기 드물었기 때문이다.

"뭐랄까. 풍미를 아시는 분들이지."

"풍미요? 윤 주임님은 이 가게 주인분을 만나보신 적이 있습니까?"

"냉장고를 사기 위해서는 일단 제품을 직접 봐야 하니까. 저번에 자녀분하고 같이 오신 걸 내가 직접 상대했거든."

"그렇군요."

"근데 몸이 좀 편찮으셨던 걸로 기억하는데… 이번에는 나아지셨는지 모르겠네."

가게 안으로 들어서자, 연세가 좀 있어 보이는 노부부가 윤 주임과 도안을 맞이한다.

"아이쿠! 젊은이 왔구만!"

"하하하, 안녕하세요! 아버님!"

윤 주임이 기운차게 대답하며 주변을 둘러본다.

"어머님은 어디 계신가요?"

"안방에 누워 있당께. 요즘 허리가 더 아파져서 큰일이구마잉."

"아버님은 좀 어떠시고요?"

"난 관절이 땅겨. 어휴… 이 가게도 이제 팔든가 해야지. 기력 딸려서 못 하겠어."

"저런……."

윤 주임이 가볍게 혀를 차기 시작한다.

한편.

트럭 위에 있던 냉장고 하나를 바라보던 도안이 가볍게 양손에 마나를 응집시킨다.

이윽고 짧은 시동어를 외친다.

"스트렝스!"

우웅!

푸른빛을 띤 마나의 기운이 서로 공명하면서 도안에게 일시적인 근력 상승 버프를 부여한다.

"흡!"

짧은 기합 소리와 함께 번쩍 냉장고를 혼자서 들기 시작하는 도안.

이윽고 가볍게 트럭 위에서 냉장고 하나를 든 채 지면에 올려놓는다.

그 모습을 어벙한 표정으로 바라보고 있던 몇몇 초등학생들.

"아저씨… 혹시 슈퍼맨이에요?"

입에 사탕을 문 채 질문하는 초등학생 한 명에게 다가간 도안이 피식 웃어 보이면서 초등학생의 머리를 거칠게 쓰다듬이 준다.

"아니, 이 형은 그렇게까지 대단한 사람이 아니다."

레디너스 대륙에 있었을 시절에는 대단한 사람이었음에는 틀림이 없다.

그러나 이 현대 시대에는 마법이 별로 통용되지 않는 시대다.

엘리트에서 무능력자로.

한순간 추락당한 그 기분은 아마 당해보지 않은 사람은 평생 모를 것이다.

"어?!"

가게 바깥을 나온 윤 주임이 놀란 표정으로 도안을 바라본다.

"설마 냉장고, 혼자 내린 거야?"

"네, 그렇습니다."

"그러다가 허리 나가면 어쩌려고 했어. 큰일 날 짓을 했네."

"하하하, 괜찮습니다. 이래 봬도 힘이 장사라서요."

"흐음……."

도안이 힘이 꽤 강하다는 건 심곡 지점 내부에서도 유명한 사실이다.

겉으로 보기에는 그다지 힘이 세 보이지 않는 녀석인데, 유독 근력이 강하다.

물론 그 이유가 마법이라는 요소 때문이라는 걸 심곡 지점 내부에서 알 수 있는 사람은 없을 터이다.

"아무튼 내부로 옮기자."

"예, 알겠습니다."

두 명이서 어렵지 않게 냉장고를 안으로 들여놓는다.

가게 내부에 위치한 어느 한 작은 가정집에 냉장고를 들여놓자, 노부부가 힘겹게 거동을 하며 감사 인사를 보내온다.

"고마우이, 젊은이들."

"아닙니다. 그보다… 어디 아프신가요?"

도한은 노부부들을 처음 본다.

그렇기 때문에 이런 질문을 던질 수 있는 것이다.

"두 분이 좀 편찮으시거든."

"그렇다면 병원을 가보시는 게……."

"병원을 다녀도 차도가 없다고 하더라. 희귀병이 걸리신 건 아닌데……."

"흠."

짧은 침음성을 내뱉은 도안이 슬쩍 노부부에게 다가간다.

"아프신 부위를 제가 봐도 될까요?"

"청년, 의사인감?"

"하하, 그런 건 아니구요."

도안이 부정을 하자, 윤 주임이 노부부에게 별거 아니라는 식으로 도안의 이력을 어필해 준다.

"이 녀석, 제가 허리를 삐끗했을 때에도 한번 봐준 이후로 많이 괜찮아졌거든요. 이 손이 제대로 약손입니다."

"그럼 한번 봐주구려."

"네."

도안이 다가가 각자 노부부의 허리, 그리고 무릎을 보기 시작한다.

'기력이 없어 늙고 쇠약해진 탓이군.'

세월은 의학의 힘으로 고칠 수 없다.

그렇기에 계속 병원을 다녔다 하더라도 별다른 차도를 보이지 않았던 것일지도 모른다.

물론 마법도 만능은 아니다.

하나 마법은 과학이 만들어내지 못하는 기적 같은 현상을 종종 만들어내곤 한다.

오죽하면 젊음을 되찾은 마법사, 리치 같은 부류가 있을 정도다.

"……."

다시 한 번 양 손에 마나의 기운을 응집시키기 시작하는 도안.

서서히.

마나를 운영하며 노부부가 불편해하는 신체 부위에 손을 올려놓는다.

그러면서 마나를 불어넣으며 이미 모든 기력을 다한 신체 기관에 생기를 불어넣어 주기 시작한다.

그러기를 대략 5분이 지났을까.

"어떠신가요, 어르신들?"

"……?!"

놀란 노부부가 자신의 허리와 무릎을 매만진다.

아픈 게 없어졌다!

움직일 때마다 욱신거려 비명을 토로하던 신체 기관의 후유증이 없어진 것이다!

"이, 이런 일이⋯⋯!"

"미, 믿을 수 없구마잉?!"

"그러게 제가 말하지 않았습니까? 이 친구 손이 제대로 약손이라구요."

"하이고! 고맙구려, 청년!"

노부부가 도안에게 연신 감사를 표하기 시작한다.

도안은 그저 마나를 불어넣음으로 인해 생기를 되찾게 했을 뿐.

별다른 대단한 일은 하지 않았다.

"아닙니다. 그것보다 건강하게, 오래오래 사셔야 되요."

"당연하제! 젊은이를 봐서라도 오래 살아야지!"

"하하하!"

오랜만에 뜻 깊은 일을 한 탓에 도안의 얼굴에도 절로 웃음꽃이 피어가고 있었다.

마법이 현대 시대에서 인정받지 못하고 천대받는 공상 요소이긴 하지만, 이렇게 자신의 마법으로 사람들에게 미소를 만들어줄 수 있다는 일이 생길 때마다 도안은 보람을 느끼곤 한다.

그것이 바로 정의로운 9클래스 마법사, 레이너 슈발츠의
본성이기도 하다.

10월 24일.
"약속의 때……!"
오늘이 바로 민철이 예언했던 그 회식 자리가 있는 날이다.
시간까지 정확하게 예고했던 그.
대민도 사실은 반신반의하고 있지만, 결국 10월 24일에 회
식이라는 자리가 조성됨으로 인해 그의 예언이 더더욱 확실
해지고 있었다.
"자, 그럼……."
업무를 마치고 퇴근 시간이 다가오자 구 부장이 자리에서
일어서며 사원들을 불러 모은다.
그중에서는 상당히 독특한 인물이 포함되어 있었다.
"예지 씨가 여긴 왜……?"
서 대리가 의아함을 품으며 예지를 가리킨다.
홍보팀 회식 자리에 어째서 예지도 포함이 되어 있는 것일
까.
"마침 우리 부서 쪽에 볼일이 있다고 해서 왔다던데… 이
미 경영지원팀은 다 퇴근하고 없어서 썰렁하던 마당에 혼자
서 저녁 식사 하고 외근시키기는 좀 그렇잖아. 그래서 내가
일부러 불렀어."

구 부장이 스스로 모든 설명을 털어놓는다.

장황하게 설명을 늘어놓지만, 민철은 그 말들을 한마디로 축약해 받아들인다.

친하게 지냅시다, 경영지원팀.

구 부장은 눈치의 왕이라 불리는 사람이다.

부서간에 서로 득이 되는 관계를 만들어두면 나쁠 것도 없다.

특히나 경영지원팀, 혹은 인사팀이나 총무팀 등 전반적으로 모든 부서에 영향을 끼칠 수 있는 부서와 친해지면 해당 부서도 나름 편안한 업무 생활의 길을 걸을 수 있게 된다.

경영지원팀이 혼자서 외로이 야근을 하게 생긴 예지를 데리고 회식 자리에서 끼니를 해결시킨 뒤에 회사에 복귀시켰다는 말이 흘러들어 가면, 경영지원팀 막내를 나름 챙겨줬다는 인식이 그들에게 들게끔 만드는 효과가 생긴다.

그것을 노려 일부러 구 부장은 퇴근 시간 직전에 볼일이 생겨 부서에 들린 예지에게 잠시 회식 자리에 동참할 것을 요구한 것이다.

물론, 처음부터 구 부장의 의도는 이러하지 않았다.

그저 잠시 볼일이 있어 온 예지에게 장난식으로 '예지 씨도 우리 회식 자리에 참가할래요? 어차피 혼자서 야근이라면서요. 밥이나 먹고 가요' 라는 식으로 제안했었다.

하나 예상치 못하게 예지가 그 제안을 덥석 문 것이다.

결과적으로는 경영지원팀 막내를 챙겨준다는 명목이 후순위로 생긴 셈이지만……

　그러나 문제는 여기서 발생한다.

　'…일부러인가.'

　예지 본인의 입장에서는 당연히 거절해야 맞을지도 모른다.

　홍보팀 부서 회식 자리에 타 부서 인원이 끼는 건 모양시가 좀 안 맞기 때문이다.

　물론 불가능한 일은 아니다.

　하지만 어찌 되었든 타 부서 사람이 끼어 있다는 것은 왠지 모를 어색함을 자아낸다.

　더욱이 예지가 스스로 구 부장의 제안을 받아들였다고 한다면……

　의심이 드는 민철에게 예지가 슬며시 다가와 어색하게 웃으며 작은 목소리로 말한다.

　"미안해요, 궁금해서 와봤어요."

　"……"

　"민철 씨의 예상이 얼마나 잘 맞을지 한번 보고 싶어서요."

　그 말인즉슨.

　예지가 일부러 구 부장에게 자신의 존재감을 어필하면서 일부러 구 부장이 회식 자리 참가를 유도하게끔 만들었다는 것이다.

한예지.

이 여자도 꽤나…….

'여우 기질이 있군.'

누가 한경배 회장의 손녀딸 아니랄까 봐.

일부러 타이밍을 계산해서 자신이 원하는 자리에 낄 수 있
게끔 만든 그녀의 나름 연기력과 잔머리에 민철은 괜찮은 평
가를 내려주고 싶었다.

어쨌든 결과적으로 민철의 예언이 제대로 맞아떨어지는
게 궁금해서 참가하게 되었다는 그녀의 말에 거짓은 보이지
않는다.

그렇다면 민철로서도 별로 상관은 하지 않겠지만…….

대신 예지가 주도적으로 회식 자리를 이끌어가면 안 된다.

왜냐하면 민철의 모든 계산이 다 틀어지기 때문이다.

하나 이 걱정도 굳이 할 필요는 없다.

애초에 한예지라는 인물이 그리 적극적인 성격을 지닌 여
성은 아니기 때문이다.

"자, 그럼 갑시다!"

"예!"

민철의 이런 복잡한 생각을 알 리가 없는 홍보팀 인원들이
기운차게 회식 자리를 향해 발걸음을 옮긴다.

*　　　*　　　*

오랜만에 오는 고깃집.

바로 민철이 심곡 지점에 있었을 당시, 나름 사활(死活)을 걸고 교섭을 펼쳤던 바로 그 고깃집 체인점, 돈냥이다.

게다가 보통 가게가 아니다.

바로 돈냥의 본사이기도 한 곳에 청진그룹 홍보팀의 회식이 결정되었다.

"자자, 어서들 들어오세요~!"

입구에서 청진그룹 홍보팀 인원들을 맞이해 주는 돈냥 대표, 주오석.

수십의 사람들이 안으로 들어설 때, 슬쩍 민철이 주오석을 향해 눈으로만 인사를 건넨다.

"……."

주오석 역시 민철을 알아보더니, 이내 살짝 눈짓으로 마주 인사를 건넬 따름이었다.

여기서 서로 알은척을 해봤자 별로 크게 이야기를 주고받을 것도 없다.

나중에 간단히 시간이 되면, 서로 안부나 물을 정도일 테니 말이다.

"특별석으로 모셔!"

"네, 알겠습니다!"

주오석의 말에 종업원들이 힘차게 대답하며 청진그룹 홍

보팀 직원들을 위층으로 안내한다.

3층에 마련되어 있는 별도의 공간.

미리 예약을 한 사람들에 한해서 제공되는 특별한 예약석이기도 하다.

"우와~"

대민이 작게 탄성을 내지른다.

평소 이런 고급스러운 특별석과는 연이 없던 가난뱅이로서는 당연히 감탄이 절로 나올 만한 장관이었다.

그러나 여기서 넋을 놓으면 안 된다.

"대민 씨."

짧게 헛기침으로 그의 시선을 모은 민철이 대민이를 향해 충고 아닌 충고를 던져준다.

"제가 전에 말씀드렸던 거, 잊지 마시기 바랍니다."

"아, 물론이죠!"

자신감이 넘치는 표정으로 고개를 끄덕이는 대민.

반면, 서 대리는 자신의 스마트폰을 매만지면서 미묘한 표정을 지을 따름이었다.

'무슨 일이라도 생긴 건가?'

평소 스마트폰을 잘 만지지 않는 인물이기도 한 서 대리가 저 정도로 스마트폰에 신경을 쓴다는 말은…….

외부에 무슨 연락이 올 일이 있다거나 아니면 신경을 쓸 만한 일이 별도로 있다는 것을 뜻한다.

'흐음.'

잠시 생각에 잠기기 시작하는 민철이 다시 한 번 머릿속으로 계산에 들어간다.

단순히 숫자 계산이 아니다.

민철은 지금 홍보팀 회식 자리에서 일어날 수 있는 모든 변수와 모든 사원들의 행동 패턴을 하나의 거대한 시뮬레이션 형태로 돌려보고 있었다.

그 결과가 바로 10월 24일 저녁 10시 32분이라는 정확한 수치가 도출된 것이다.

'크게 영향을 끼치지 않으면 좋겠건만.'

대민은 그다지 응용력이 떨어지는 남자다.

어찌 보면 우직한 쪽에 속하는 그.

민철의 말을 곧이곧대로 믿고 그 시간에 고백을 할 것이다.

우직하다는 것을 좋은 말로 표현하자면 충성도와 신뢰도가 높다고 말할 수 있지만, 반대로 말하자면 융통성이 없다는 것도 뜻한다.

일단 그때 가서 생각을 해보자.

그렇게 판단한 민철은 자신에게 할당된 자리에 앉게 된다.

저녁 8시.

"그럼 전 잠깐 사무실에 돌아가서 업무만 빠르게 보고 올게요."

"아, 그래요?"

구 부장이 자리에서 일어서려는 예지를 바라보더니, 이내 갑자기 민철을 부른다.

"이 주임! 예지 씨 사무실까지 좀 바래다주고 오지 그래?"

"알겠습니다."

민철도 이 상황을 예상했다는 듯이 예지를 따라 자리에서 일어선다.

순간 당황한 예지가 그렇게까지 신경 써주지 않아도 된다는 것을 어필하려 하지만, 구 부장은 연신 손을 저으면서 괜찮다는 식으로 그녀의 의견을 묵살시킨다.

"요즘은 세상이 하도 무서우니까! 아무리 거리가 가까워도 밤길은 조심해야죠. 이 주임, 잘 데려다주고 오라고."

"다른 곳으로 빠져나갈 생각 마라, 이 주임!"

유 실장이 기억해 두라는 듯이 민철에게 압박을 가한다.

술을 잘하는 사람이기에 유 실장의 입장에서는 민철을 회식 자리에서 놓치고 싶지 않다는 의견을 강하게 내비치곤 했다.

왜냐하면 유 실장과 같이 편안하게 술을 마셔주는 사람도 드물기 때문이다.

본래대로라면 민철이 부재 시에는 대민이 그 빈자리를 메꾸긴 하지만.

"……."

오늘의 대민은 뭔가 이상하다.

술도 잘 안 마시고, 아까부터 서 대리의 눈치만 주구장창 보고 있었기 때문이다.

그렇기에 유 실장도 따로 대민을 터치하지 않았다.

아마도 서 대리가 조만간 퇴사할지도 모른다는 생각이 들어서였다.

서 대리는 대민의 사수이기도 하다. 그런 그녀와의 이별을 준비하는 건 다른 사원에 비해 훨씬 더 무거운 마음일 것이다.

물론 그런 마음도 있긴 하지만…….

중간에 사랑이라는 감정이 들어가 있다는 건 유 실장도 눈치채지 못했다.

한편, 졸지에 예지를 데려다주기 위해 가게 바깥으로 나온 민철.

가게 문을 나서자마자 예지가 대뜸 이런 말을 하기 시작한다.

"이것도 민철 씨의 예상 범주 안에 들어서는 일인가요?"

"…글쎄요."

민철은 그저 쓴웃음을 내지으며 대답을 보류한다.

예지는 민철이 이 모든 상황을 다 예상하고 있다는 것을 눈치채고 있었다.

그렇지 않으면 정확한 시간까지 대민에게 알려줄 수 없기 때문이다.

어떤 뇌 구조를 가지고 있어야 모든 사람의 행동방식을 전부 다 예상하고, 언제쯤 대민이 서 대리에게 고백을 해야 좋은 타이밍이 나오는지를 알게 되는 것일까.

그것은 한마디로 천부적인 재능이 아니고서는 절대로 해낼 수 없는 일이다.

'마치… 우리 할아버지를 보는 거 같아.'

그렇게 생각한 예지였으나, 지금 중요한 것은 이게 아니다.

"최대한 사무실에 들렀다가 다시 이 가게로 올게요."

"업무가 남아 있는 거 아니었습니까?"

"사실 정말 별거 없는 잡무거든요. 아까도 말씀드렸죠? 민철 씨의 계획이 궁금해서 참가한 거라구요."

"그렇군요."

한경배 회장의 손녀딸다운 기질을 가지고 있는 그녀였다.

누가 보면 장난 삼아 이런 기행을 보여주는 것으로 보일지도 모른다.

하지만 직접 눈으로 확인하고, 그 사람의 능력을 파악하려는 저 행동력에 민철은 혀를 내두를 수밖에 없었다.

민철과 예지가 잠시 자리를 비운 사이.

"……."

공교롭게도 같은 테이블에 앉게 된 대민은 그저 서 대리의 눈치만 보고 있을 뿐이었다.

평소 마음에 들어 하던 여성과 이렇게 직접 대면하는 건 남자의 입장에서 매우 두근거리는 일이다.

게다가.

이번에는 민철이 자리를 비웠다!

평소에는 든든한 동료였던 그가 자리를 비우게 된다면 대민 혼자서 무엇을 하겠는가.

'민철 씨가 오기만을 기다려야 하나……'

민철이라면 오가는 대화를 통해서 상대방의 감정과 생각을 읽어낼 수 있다.

그는 대화라는 커뮤니케이션을 통해서라면 가히 무적이라 할 수 있을 만큼 놀라운 재능을 보여주기 때문이다.

그래서 대민은 이번에도 민철의 능력에 기댈 생각을 하고 있었다.

하나.

불행하게도 민철이 자리를 비워 버린 것이다.

그것도 단둘만 덩그러니 놓고 말이다.

'이렇게 된 이상……'

민철이 말해준 그 시간.

10시 32분.

그 시간만을 믿을 뿐이다.

바로 그때.

"······!"

서 대리가 잠시 자리에서 일어서기 시작한다.

"전화 좀 받고 올게요."

"아··· 네!"

현재 시각, 10시 20분.

32분까지 얼마 남지 않은 상황에서 서 대리가 자리를 비우게 되는 대참사가 발생한 것이다!

물론 약속의 시간까지는 12분이라는 여유분이 남아 있긴 하지만, 통화라면 조금 더 오래 걸리지 않을까.

당황한 대민이 황급하게 스마트폰 버튼을 누르기 시작한다.

전화를 건 상대방은 굳이 말하지 않아도 민철이었다.

—여보세······.

"민철 씨! 지금 서 대리님이 바깥에······."

그간의 정황을 설명하려던 찰나에, 대민의 말을 끊은 민철이 자신의 생각을 주장한다.

—작전에 변동은 없습니다. 32분에 고백하세요.

"그치만······."

—25분 즈음. 유 실장님이 과도한 술주정을 부리면서 유 실장님을 부축하기 위해 적어도 2~3명의 사람들이 달라붙을 겁니다. 그리고 27분 즈음. 갑자기 구 부장님에게 전화 한 통이 걸려올 겁니다. 내용은 토요일에 갑작스런 미팅이 생긴

다는 통화입니다. 그 덕분에 구 부장님은 먼저 자리를 뜨게 됩니다. 구 부장님과 유 실장님, 두 사람이 없어지고 자연스럽게 자리는 공중분해될 겁니다. 30분 즈음. 서로 눈치를 보던 사람들이 하나둘씩 자리에서 일어섭니다. 어차피 계산은 구 부장님이 다 했을 테니까요. 그리고 32분.

하이라이트 부분에서 말을 끊은 민철이 단도직입적으로 말을 하게 된다.

—깐깐한 성격의 서 대리님은 끝까지 자리에 남아 가장 마지막에 가게 바깥을 나섭니다. 이미 각자 집으로 돌아가거나 아니면 별도로 술자리 파티를 꾸려 다른 일행들이 사라진 지금, 남은 사람은 대민 씨와 서 대리님, 두 사람뿐입니다.

"……."

—이게 앞으로의 플랜입니다. 그리고 이 플랜이 제가 말한 그대로 일어날 가능성은… 95%입니다.

순간 할 말을 잃은 대민.

이민철이라는 사람은…….

도대체 어디까지 홍보팀 사람들의 행동을 분석해 낸 것인가.

그의 말에 대민은 온몸에 소름이 돋을 정도였다.

—둘만이 남았을 때. 고백할 수 있는 찬스는 단 한 번입니다. 물론 제가 있었다면 오차 범위는 없겠지만… 차라리 잘되었다고 생각합니다. 여기서부터는 대민 씨의 무대니까요.

아마 민철은 예지를 일부러 32분이 넘어서 가게에 다시 데려가려는 계획을 세우고 있는 모양인가 보다.

일부러 두 사람만의 시간을 만들어주기 위해서는 어쩔 수 없다.

그 점에 대해서는 예지도 동의를 했기에 커다란 방해 요소는 없는 것으로 보인다.

─통화를 하러 나갔다 하더라도 서 대리님은 개인적인 용무로 긴 통화를 할 사람은 아닙니다. 그러니 적어도 5분 내로 다시 돌아올 겁니다.

"그럴까요……."

─대민 씨.

다시 한 번 민철이 대민에게 힘을 실어준다.

─스스로를 믿으세요. 대민 씨는 충분히 잘할 수 있을 겁니다.

"……"

민철의 한마디에 큰 용기를 얻은 대민이 힘차게 고개를 끄덕인다.

"알겠습니다."

─화이팅입니다.

뚝.

통화를 끊자, 민철의 예상대로 서 대리가 다시 자리로 돌아온다.

바로 그때.

"우웨엑!!"

"야, 누가 유 실장님 화장실로 좀 데려가!"

"아, 알겠습니다!"

유 실장의 술주정이 시작된다.

여기까진 민철의 예상대로다.

그다음은?

"여보세요… 네? 갑자기 그런… 알겠습니다. 예. 그럼 내일 그곳에서 뵙도록 하죠."

난감하다는 표정을 지어보이며 자리에서 일어선 구 부장이 목소리를 높여 말한다.

"에… 계산은 내가 미리 하고 갈 테니까, 남은 사람들끼리 잘 즐기다가 집에 돌아들 가세요."

"구 부장님, 어디 가시는 겁니까?!"

"갑작스럽게 내일 미팅이 잡혔어. 집에 후딱 들어가서 준비 마치고 잠이나 미리 자둬야지. 이거야 원……."

이로써 구 부장과 유 실장, 두 사람이 아웃되었다.

수뇌부들이 퇴장하자, 자연스럽게 회식 자리는 서서히 파하는 분위기가 조성된다.

"하아……."

가볍게 한숨을 내쉰 서 대리가 뒷정리를 하듯 자리에 남게 된다.

"저도 돕겠습니다."

대민도 어영부영 서 대리를 돕는다.

그리고 32분.

가게 바깥을 나서자, 민철의 예상대로 이미 일행들은 흩어지고 없는 상황이었다.

"저희도 슬슬 집에 돌아갈까요?"

서 대리의 제안.

하지만.

대민은 아직까지 집에 돌아갈 생각이 없었다.

왜냐하면.

그의 마음은 아직…….

퇴근 선언을 하지 않았기 때문이다!

"서 대리님!!"

한적한 거리 위.

두 사람을 비추는 가로등 불빛 아래에.

"좋아합니다!!"

"……?!"

순정파 남성, 김대민의 고백이 시전된다!

*　　*　　*

"……."

잠시 바깥에서 예지가 업무를 마무리 지을 즈음.

민철은 회사 로비에서 간단하게 커피 하나를 사 들고 와 시간을 때우는 중이었다.

어차피 예지의 업무도 그리 많지 않다고 했기 때문이고, 굳이 경영지원팀이라는 타 부서 안에 발을 들여놓을 생각도 없었기 때문이다.

'가서 내가 할 일은 없겠지.'

그렇다면 자연적으로 이렇게 로비에 앉아서 술을 깨는 것에 전념하는 것도 나쁘진 않을지도 모른다는 생각이 든 민철이었다.

그렇게 한가로이 시간을 보내던 중에.

"어머, 민철 씨."

마침 회사 로비에 위치한 안내 데스크에서 민철을 발견한 젊은 안내원 아가씨가 손을 흔들며 민철을 반긴다.

이 시간까지도 근무라니.

누가 보면 회사에서 숙박이라도 하는 줄 알겠다.

"안녕하세요."

"회식하신다고 들었는데… 벌써 끝난 건가요?"

"아닙니다. 잠시 예지 씨 좀 회사에 바래다주고 오느라 이렇게 되었습니다."

"어머나, 지극정성이시네요."

안내원 여성의 입가에 살짝 미소가 새겨진다.

"……."

말없이 안내원 여성을 바라보기 시작하는 민철.

예전부터 느끼고 있었지만…….

이 여성은 미묘하게 인간이라는 범주와는 이질적으로 포인트가 어긋나 있는 여성이라고밖에 느껴지지 않았다.

24시간 회사에서 상주하고 있는 것도 이상하고, 무엇보다도 그녀의 눈빛이 민철은 마음에 들지 않았다.

마치.

뭔가를 다 알고 있다는 듯한 그런 눈동자였다.

절대로 젊은 나이에 나올 수 없는 그런 시선이다. 민철은 그간 많은 사람들을 만나오면서 젊은 사람들에게서는 나오기 힘든 그런 눈을 젊은 여성에게서 목격한 셈이다.

심연의 눈동자.

미묘한 아우라를 풍기는 젊은 여성의 모습에 민철이 슬쩍 말을 걸어본다.

"그나저나 회사에 꽤나 충성심이 높으신 편이군요. 제가 듣기로는 안내 데스크에 근무하고 있는 여성분들은 비정규직이라고 들었습니다만."

"네, 뭐… 그런 셈이죠. 본래 안내 데스크에는 젊은 여성들이 주로 배치되잖아요? 저도 나이를 먹으면 언젠가는 다른 신입 여성분에게 밀리겠죠."

"여기나 저기나 힘든 것은 매한가지군요."

"후후, 그러게요."

여성이 낮게 웃음소리를 유지하며 민철의 말에 공감을 표시한다.

바로 그때.

민철의 목소리가 착 가라앉으면서 어느 한 인물을 언급한다.

"무슨 목적으로 레이너 슈발츠를 이 세계로 소환했는지 질문해도 될까?"

직설적인 질문.

레이너 슈발츠라는 단어를 언급하자, 여성이 의아한 표정을 묻는다.

"레이너… 슈발츠요?"

"젊은 나이에 9클래스를 달성한 대마법사, 레이너 슈발츠. 그리고 레디너스 대륙에서 이상한 오해를 하게 되어 나에 대한 증오가 상당한 마법사이기도 하지."

"……."

"그를 이 세계로 소환한 이유를 듣고 싶은데. 고차원적 존재여."

직접적인 민철의 질문에 여성의 입가에 미소가 번진다.

그와 동시에.

세계가 멈춘다.

다양한 컬러를 갖추고 있던 세계가.

흑과 백의 단조로운 칼라로 물들어가기 시작한다.

오로지.

안내 데스크에 위치해 있는 여성만이 자신의 컬러를 유지한다.

하나.

그녀의 본모습이라는 이름의 컬러는 유지될 수 없었다.

"용케도 잘 알아차렸네요."

여성 안내원이 부드럽게 미소를 지으면서 민철을 바라본다.

그러나 민철은 당황하지 않으면서 여성 안내원을 지그시 응시한다.

"알아차렸다기보다는, 네가 그냥 내 헛소리에 알아서 반응을 한 셈이지 않나."

"그런가요?"

"난 정말 헛소리밖에 하지 않았어. 네가 고차원적 존재인지 누구인지조차 확신이 들지 않았지. 아, 물론 어느 정도 근거는 있었어."

민철의 손가락이 여성 안내원을 가리킨다.

"심심해서 한번 신원 조사를 해봤더니 너라는 존재가 없더군. 안내 데스크에서 일하는 여성 안내원들에게도 물어봤지만 애초에 너의 존재 자체를 기억하고 있지 못했어. 분명 존재하지만, 그들은 너의 존재를 인식하지 못했지. 그렇다면 답은 하나."

그의 눈빛이 가늘어진다.

동시에 경계라는 감정을 품기 시작한다.

"평범한 인간이 아니라는 뜻이지."

"후후후, 어느새 제 신원 조사까지 하셨는지. 대단하네요."

여성 안내원의 입가에 더더욱 미소가 짙어진다.

"레이너 슈발츠를 소환한 이유가 뭐지?"

"죄송하지만, 레이너 슈발츠를 소환한 건 제가 아니에요."

"…뭐?"

이건 예상치 못한 대답이었다.

고차원적 존재가 아니면 도대체 누가 레이너 슈발츠를 이 세계로 소환했단 말인가.

"간단한 원리예요. 당신을 소환한 것도, 그리고 레이너 슈발츠를 소환한 것도, 심지어 저도. 각각 별개의 존재가 저지른 일이랍니다."

"…각기 다른 고차원적 존재가 서로 다른 일을 추진했다는 뜻인가?"

"네. 제 임무는 오로지 당신들을 '감시'하는 것에 지나지 않아요. 당신들을 소환한 존재들은 일종의 '세력 싸움'을 하고 있거든요."

"세력 싸움이라고?"

이것 또한 처음 듣는 말이다.

"레이폰 더 데스사이드라는 인간이 과연 신과의 만남에 도달할 수 있을지 없을지에 대해서 말이에요. 도달할 수 있다고 생각한 세력이 있는 반면, 도달하게 해서는 안 된다는 세력도 존재하죠."

"파벌이라는 녀석인가?"

"고차원적 존재라 하더라도 결국은 인간의 상위 호환일 뿐, 똑같이 인간적인 면모를 가지고 있으니까요. 당신이 신과의 만남을 가지게 된다는 건 상당한 의미가 있어요. 개인적인 사리사욕이라는 차원이 아닌, 인간계 전체의 문제가 될 수도 있죠."

"무슨 뜻이지?"

"글쎄요. 전 그저 감시관이기에 뭐라 더 설명을 드릴 수 없네요."

안내 여성원이 살며시 입을 다물기 시작한다.

위험하다.

기껏 고차원적 존재와의 만남을 추진했다.

이 기회에 알아낼 수 있는 정보는 최대한 꺼내야 한다.

언제 또 녀석들과 만나게 될지 모르기 때문이다.

'고차원적 존재들은 신이 아니다. 이들 또한 신의 하수인. 그렇다면⋯⋯.'

완벽하지 않은 존재, 즉 민철의 화술이 통할지도 모른다는 뜻이다.

생각해 보자.

생각해 내야 한다.

녀석의 입을 열 수 있는 뭔가를 구상하라.

"레이너 슈발츠를 소환했다는 의미는, 내가 신과의 만남을 달성할 수도 있다는 데에 위협을 느끼는 세력이 존재하고, 일부러 나를 방해하려는 의도가 있다는 뜻인가?"

"후후, 글쎄요."

"……."

고차원적 존재들 간에도 파벌은 존재한다.

마치.

민철이 다니고 있는 청진그룹과도 같은 '회사'처럼 말이다.

신의 존재가 한경배 회장과도 같은 회사 대표라면, 회사원에 불과한 고차원적 존재들의 임무는 하나다.

회장에게 잘 보여야 하는 친회장 세력이거나, 아니면 회장을 내치고 회사를 먹어치우려는 반회장 세력이거나.

그러기 위해서는 서로 다른 관념을 가진 세력들끼리 자연스럽게 견제 모드로 들어갈 수밖에 없다.

그래야 자신들의 위치가 더더욱 확고하게 굳어지게 되니 말이다.

결국.

이들도 인간계의 샐러리맨과 같은 입장이다.

"한 가지 약속하지."

결국 승부수를 던지기 시작하는 민철.

"만약 내가 신과의 만남을 성공하게 된다면, 오늘 나에게 정보를 제공한 보상을 너한테 어느 정도 돌아갈 수 있게끔 말을 해두겠다."

"어머, 거래인가요?"

"그렇게 생각하면 편하겠지."

상당히 위험한 거래일지도 모른다.

그러나 고차원적 존재를 협력자로 둔다면…….

분명 민철에게는 많은 도움이 될 것이다.

그렇게 생각했기에 이 안내 여성원이라는 탈을 쓴 고차원적 존재에게 협력을 제의한 것이다.

그리고 여성의 대답은…….

"좋아요."

마치 기다렸다는 듯이 민철의 제안을 수락한다.

"하지만 오늘은 시간이 좀 늦었네요. 세계를 멈추는 일이 오랫동안 지속된다면, 분명 다른 고차원적 존재들이 눈치챌 수도 있거든요."

"…그렇군."

"나중에 시간이 할당되면 그때 자세히 이야기하도록 해요. 당신도 알다시피, 저는 언제 어디서나 이 회사 로비에 존재하니까요."

그 말을 끝으로.

흑백의 단조로운 컬러로 물들었던 차원이 다시 본래의 색을 되찾는다.

"마침 슬슬 예지 씨도 업무를 끝내고 돌아올 시간이에요."

여성 안내원이 다시 본업으로 돌아간 듯, 빙그레 미소를 지으며 말한다.

"한 가지 더 말씀드릴게요. 이 정보는 서비스예요."

"…뭐지?"

"신과의 만남을 일궈내야 하는 인간의 소환. 그것은 단순히 내기가 아닌, 고차원적 존재들의 인간계 운영 자체를 심사받기 위한 목적이 담겨 있어요. 당신이 신과의 만남을 이뤄내는 순간, 고차원적 존재는 당신의 말 한마디에 생과 사의 갈림길에 서게 되는 거죠. 신을 대신해 얼마만큼 인간계 운영을 잘해왔나, 못해왔나에 대한 평가를 인간인 당신이 대표로 직접 모든 인간들을 대변해 신에게 그 경과를 보고하게 될 거예요."

"인간계 운영… 고차원적 존재……."

"혹시나 해서 말씀드리는 거예요. 어쩌면, 제가 내일 사라져 있을 수도 있으니까요."

"……."

여성 안내원은 자신이 사라질 수도 있다는 말을 너무나도 가볍게 던진다.

아마도 다른 고차원적 존재들이 여성 안내원의 이런 발설들을 눈치채게 된다면, 그녀의 존재 자체를 지워 버릴수도 있다는 가능성까지 고려한 것일지도 모른다.

땡동!

엘리베이터 문이 열리면서 사무실에서 다급하게 나오는

한 여성이 민철을 부른다.

"죄송해요, 민철 씨. 업무가 좀 늦어졌어요."

"아닙니다."

이야기는 여기까지다.

예지의 난입으로 인해 더 이상 고차원적 존재와 대화를 나누는 것은 불가능해졌다.

예지를 데리고 다시 회식 자리가 벌어진 곳으로 향하는 민철.

그전에.

잠시 고개를 뒤로 돌린 민철이 나지막이 작은 말로 속삭인다.

"내일도 뵐 수 있으면 좋겠군. 여성 안내원 양."

"저도 그러길 바라고 있어요."

여성 안내원 또한 민철을 향해 마주 웃어주며 대답한다.

로비를 벗어나기 시작하는 민철과 예지.

그와 동시에······.

여성 안내원이 쓴웃음을 지으며 또 다른 말을 이어간다.

"이미 늦은 거 같지만요."

*　　　*　　　*

회식 자리로 돌아갔을 무렵.

시간은 대략 10시 40분을 가리키고 있었다.

돈냥 대표인 주오석이 민철에게 홍보팀 사원들의 행보에 대해 간략하게 압축해 설명해 주었다.

"계산하고 각자 흩어졌다네."

"그렇군요."

고개를 끄덕인 민철이 발걸음을 돌리기 전.

"아, 그러고 보니 잊고 있었군요."

민철이 슬쩍 자신의 명함을 건네준다.

"이번에 주임으로 승진해서 새로운 명함을 받게 되었거든요."

"오호……."

민철의 명함을 주시하던 주오석이 슬쩍 입가에 미소를 머금기 시작한다.

"자네가 나에게 들려준 말 그대로, 착실하게 성장하고 있군."

"앞으로 더 높은 곳까지 올라갈 예정입니다."

신이 위치한 곳까지 올라갈 것이다.

그것이 바로 민철이 이 세계로 소환된 이유니 말이다.

"민철 씨!"

돈냥 가게 입구에 위치한 민철을 또다시 부르기 시작하는 예지의 목소리가 들려온다.

"그럼 가보겠습니다."

"나중에 또 들러주게. 허허."

주오석과 짧은 이별 인사를 나눈 민철이 빠르게 발걸음을 옮긴다.

예지의 목소리가 들린 곳으로 향하게 된 민철의 시야에는…….

"민철 씨!!!"

눈물과 콧물 범벅이 되어 민철을 와락 껴안으려고 시도하는 대민이 들어온다.

민철은 대민의 가슴팍에 손을 대 살짝 밀며 거리를 유지시키며 그의 이런 행동에 대한 이유를 묻는다.

"어떻게 된 겁니까, 대민 씨? 그것보다 고백은……."

민철의 질문이 끝나자마자.

"차였습니다, 차였다고요!! 으허엉!!!"

"……."

오늘은 참으로 충격적인 사실을 많이 접하는 날인가 보다.

제6장

승진, 그리고 이별

평온한 주말 오전.

엊그제 회식 자리에서 난데없이 고백을 받은 서 대리는 상당히 난감한 입장일 수밖에 없었다.

설마 직장 후배에게 고백을 받게 될 줄이야.

물론……

그때 당시의 일을 잠시 회상하기 시작하는 서 대리.

'죄송해요. 전 아직까지 연애에 대해 생각이 없어서……'

'……'

'마음만은 고맙게 받을게요. 절 좋게 봐주셔서 정말 고마워요,

대민 씨.'

물론 본인이 그런 말을 하긴 했지만, 서 대리의 한숨은 버스 안에서도 계속 이어지고 있었다.

"하아……."

집안에서는 언제 시집을 가느니 마느니 왈가불가 따지고 있는 와중에, 과연 그녀가 남자를 가릴 처지가 될까.

물론 대민도 분명 좋은 사람임에는 틀림이 없다.

서 대리 또한 그렇게 생각했으니 말이다.

성실하고, 그리고 오로지 앞만을 바라보며 달려가는 올곧은 청년이다.

하지만 그런 대민에게 서 대리는 괜히 연애라는 요소를 빌미로 누를 끼치고 싶지 않았다.

곧 있으면 서 대리는 청진그룹 홍보팀을 관두게 된다.

부모님이 운영하고 계시는 작은 문방구를 이어받아 앞으로 제2의 인생을 살아가야 할 운명이 될지도 모른다.

그렇다고 대기업의 홍보팀 자리가 적성에 맞지 않았던 것 또한 아니다.

하지만 뭐라고 할까.

어쩌면 가업을 잇는다는 건 핑계일지도 모른다.

조금 지친 나날에 휴식을 부여하고 싶은 욕심이 결국은 이런 식의 퇴사를 고집하게 만들었을지도.

버스에서 하차하며 문방구 안으로 들어서는 서 대리.

"저 왔어요."

그녀가 문방구 안으로 모습을 비추자, 기다리고 있었는지 노부부가 다가오며 서 대리를 반긴다.

"아이구, 우리 딸 왔나?"

"네, 그것보다도 그렇게 걸어 다니셔도 되는 거예요? 허리 아프다고 하셨잖아요."

병원 측에서도 기력이 쇠약해져 천천히 요양을 해야 한다는 진단을 받은 적이 있다.

그러나 지금의 노부부는 뭐라고 할까.

너무 기운이 넘쳐 탈이라는 말이 절로 나올 지경이었다.

"아따, 어떤 청년이 와서 확 고쳐 부렸다니께!"

"고쳤다구요?"

"그 청년 손이 지대로 약손이었다고! 만지자마자 훨훨 날아다녀!"

"……??"

여전히 자신의 부모님들이 무슨 소리를 하는지 영문을 모르겠다는 표정을 유지하는 서 대리였다.

어찌 되었든 그녀의 부모님들이 건강해졌다는 건 결론적으로 변함이 없었다.

"우리들도 당분간은 문방구 계속할 수 있을 거 같으니까, 너도 굳이 회사에서 안 나와도 되지 않겠냐?"

늙은 아버지의 말이었다.

그녀의 부모님들도 사실 내심은 자식들 중 한 명이 문방구라는 가업을 이어주기를 바라고 있었지만, 대기업에 다니는 딸이 스스로 그 기회를 포기하면서까지 문방구 운영이라는 초라한 업무를 받아야 한다고는 생각하지 않고 있었다.

하나 서 대리는 고개를 흔들며 괜찮다는 식으로 답변을 들려준다.

"어차피 오래 일할 생각은 없었어요. 대기업이고 아무리 대우가 좋다 하더라도 결국은 회사니까요. 스트레스 받으면서 일하는 것보다 마음 편히 자신이 하고 싶은 일을 하는 게 더 좋다고 생각했어요. 진작부터 타이밍을 잡아서 제가 이 문방구를 이어받으려고 했었으니… 신경은 쓰지 마세요."

"그래도……."

"이미 퇴사하겠다고 위에 보고까지 했으니 더 이상 물릴 수는 없어요. 그러니까 신경 안 쓰셔도 돼요. 전 정말 괜찮으니까요."

"……."

사실 아깝지 않다 말한다면 그건 분명 거짓말이다.

청진그룹에 들어가기 위해 그녀가 얼마나 많은 노력을 기울였던가.

하지만.

막상 들어가고 나서 그녀는 한 가지 중요한 사실을 깨닫게 되었다.

인생은 크게 두 가지 길로 나뉜다.

해야 할 일과 하고 싶은 일.

청진그룹에 입사하는 것이 그때 당시 취업준비생인 그녀로서 '해야 할 일'에 불과했다면, 이제부터 서 대리는 앞으로 자신이 '하고 싶은 일'을 찾아야 한다.

인생은 한 번뿐이니까.

천천히 문방구를 운영하면서 자신이 하고 싶은 일을 찾아보자.

그것이 바로……

서 대리가 앞으로 좇아야 할 새로운 인생의 목표가 될 것이다.

*   *   *

"…그렇군요. 예, 알겠습니다."

사무실의 수화기를 내려놓은 서진구 회장 대리가 잠시 천장을 바라본다.

회장 대리직이라는 자리에 오르고 나서 이제 1년이 넘어가고 있다.

그가 한경배 회장을 대신해 회장 대리직을 맡게 된 이후 가장 큰 프로젝트를 성사시키기 직전이다.

한경배 회장의 직접적인 요구 사항.

바로 그를 대신해 회사 내에 독립적인 특별 부서를 만드는 일이다.

이미 그 부서에 채용할 인재들은 여기저기서 목록을 만들어 배치시켰다.

그중 한 명이 바로 이민철.

젊은 인재들의 이름을 달고 있는 명단을 흐뭇하게 바라보던 서진구 회장 대리가 미세하게 고개를 끄덕인다.

이 인물들이 바로…….

청진그룹을 이끌어갈 차기 인재들이다.

이들을 올바르게 길러내고 최대한 외부의 압력을 받지 않게 커버를 쳐줘야 하는 게 바로 서진구 회장 대리가 해야 할 일이다.

명단 중에서는 특별히 한경배 회장의 직접적인 특별 요구 사항이 첨부되었다.

"예지를 포함시켜 달란 말이지……."

명단 마지막에 겨우 포함된 이름, 한예지.

과연 이게 신의 한수로 작용할 것인지, 아니면 악수로 작용할 것인지 서진구로서는 전혀 알 길이 없다.

하나 만약 예지가 한경배 회장이 직접 추진한 부서로 들어간다고 하면.

"예지가 회장님의 손녀딸이라는 걸 눈치챌 사람이 몇몇 있을 터인데."

아마 한경배 회장도 그것을 감안하고 있을 것이다.

그 사람은 결코 머리가 나쁜 사람이 아니다.

아니, 어쩌면 서진구보다도 더 머리가 뛰어난 사람이라 할 수 있다.

그 사람이 한예지의 부서 이동이 가지는 의미를 전혀 모를 리가 없을 것이다.

안 그래도 예지가 청진그룹에 특별 채용된 이후로 그녀에 대해 정체를 의심하는 사람들이 몇몇 존재하고 있다.

만약 예지의 인사이동이 확정되면, 그녀의 정체가 거의 확실시될 것이다.

한경배 회장에게 존재하는 손녀딸.

그의 손녀딸이라 부를 수 있는 인물로 추정되는 젊은 딸은 사실상 특별 부서 내에서는 한예지밖에 없기 때문이다.

"어떻게 할 것인지 모르겠군……."

서진구로서는 그저 지켜볼 수밖에 없다.

앞으로 이들이 어떻게 해내게 될지 말이다.

"예지 녀석도 이제는 어른이 되었으니, 스스로 알아서 하겠지."

한경배 회장의 특별 프로젝트.

총괄기획부가 드디어 조만간 그 모습을 드러낼 것이다,

＊　　　＊　　　＊

서 대리가 퇴사하기까지 남은 근 한 달.

홍보팀 내부에서는 서 대리의 빈자리를 채우기 위해서 한 가지 변화의 바람이 일어나고 있었다.

"비게 된 대리직에… 이 주임을 승진시킬까 하는데."

순간 회의에 참가한 사람들의 시선이 민철에게로 향하게 된다.

대리직을 공석으로 놔두기에는 중간 계층이 없어지기에 구 부장의 입장에서 상당히 난감하게 된다.

그걸 방지하기 위해서 구 부장은 민철을 대리직으로 승진시킬 것을 염두에 두고 있었다.

물론 민철의 대리직 승진은 서 대리의 퇴사 이야기가 나오는 시점부터 여기저기서 사람들의 입을 통해 언급되고 있었다.

빠른 주임 승진.

그리고 대리직까지 일사천리(一瀉千里)!

"과연 제가 할 수 있을지……."

예의상이라고 할까.

민철이 슬쩍 체면을 차리는 말을 넌지시 건넨다.

그러나 유 실장이 도리어 너털웃음을 터뜨리면서 민철의 말에 시원스러운 답변을 들려준다.

"사실 너 말고 대리직을 소화해 낼 사람이 없기도 하니까.

그리고 중간직을 맡아주면 구 부장님에게도 도움이 많이 될 테고."

"그렇습니까?"

"일단 구 부장님하고 내가 봤을 때는 적어도 그렇게 보이니까 이런 말을 하는 거야. 다른 사람들 앞에서 너의 승진 이야기를 대놓고 하는 건, 그만큼 너를 반드시 대리로 승진시키겠다는 뜻이기도 하니까. 물론 전임자인 서 대리도 여기에 대해서는 찬성했고."

민철의 시선이 슬쩍 서 대리에게로 향한다.

시선을 받은 서 대리가 살짝 고개를 끄덕이며 천천히 입을 연다.

"저도 민철 씨가 제 자리를 대신해 주셨으면 좋겠어요. 떠나는 마당에서 염치가 없기도 하지만요."

"들은 바로는… 서 대리님 부모님께서도 쾌차하셨다는 말을 들었습니다만, 그래도 퇴사를 하시게 된 건가요?"

슬쩍 민철이 다시 한 번 서 대리에게 퇴사 의사를 묻는다.

본래대로라면 이런 질문은 회의라는 공개 석상에서 하기엔 상당히 실례가 되는 질문일지도 모른다.

그러나 서 대리는 민철에게 큰 불쾌함을 느끼지 않는 모양인지 그저 어색한 웃음을 유지할 뿐이었다.

"네. 이제 와서 번복하기에도 그러니까요."

"……."

서 대리의 퇴사에 민감하게 반응할 법한 사람은 한 명밖에 없었다.

민철의 옆자리에 앉은 채 늘어지게 한숨을 쉬는 인물, 김대민이었다.

한 번 고백을 했다 차였어도, 서 대리를 향한 마음은 좀처럼 접을 수가 없었다.

고백한 뒤에 차이고 나서 민철과 예지가 그와 함께 한동안 술자리를 따로 마련해 어울려 주며 확인한 사실이다.

그는 서 대리에게 다시 한 번 고백하기로 했다.

그게 언제가 될지는 모른다.

하나 한 가지 확실한 점은…….

서 대리가 퇴사하기 전까지는 대민의 마음을 받아주지 않을 것이란 점이다.

'여자의 마음은 역시 알다가도 모르겠군.'

말은 그렇게 하지만, 민철은 어느 정도 서 대리의 입장을 이해하고 있었다.

애초에 사내 연애란 굉장히 민감한 소재 중 하나다.

두 사람의 연애 관계가 곧 업무에도 지장을 주게 된다는 뜻이다.

더욱이 서 대리의 입장에선 부사수인 대민을 책임져야 하는 위치다.

연인 관계라는 콩깍지에 씌워 대민을 제대로 교육시키지

못한다면 그건 서로에게 마이너스가 되는 요소다.

아마도 서 대리는 그러한 이유로 대민의 고백을 받아주지 않았을지도 모른다.

그의 고백을 받을 준비가 덜 되었다.

민철의 생각으로는 서 대리가 대민의 고백을 거절한 것이 이러한 이유로 거절한 게 아닐까 추측해 본다.

"그리고 한 가지 더."

구 부장이 재차 사원들의 시선을 모으며 말을 이어간다.

"민철이를 대리직으로 승진시킬 것을 제안함과 동시에⋯ 대민이를 주임 자리에 올릴까 한다."

"네?!"

민철의 승진보다도 대민의 승진 소식이 사실은 더 놀랄 만한 일이었다.

당사자인 대민도 오죽했으면 새된 비명을 지르겠는가.

"그, 그치만 전⋯⋯."

"이건 서 대리 본인의 의사가 강하게 작용했어."

구 부장이 대민의 말을 딱 자르기 시작한다.

"사수인 서 대리가 그동안 지켜본 바로는, 이제 슬슬 너에게 주임 자리를 맡겨도 괜찮을 거라고 생각한다더라. 유 실장은 물론 반대하긴 했지만⋯ 사실 난 유 실장보단 서 대리의 말 쪽에 더 생각이 기울었거든."

"서 대리님이⋯⋯!"

생각지도 못한 선물이었다.

대민의 시선이 그녀를 쫓기 시작한다.

그러나 서 대리는 그저 말없이 웃으며 대민을 바라볼 뿐이었다.

"대민 씨도 그간 노력을 많이 하셨으니까요. 제가 없어도… 이제부터는 충분히 잘해내실 수 있을 거라고 생각해요."

승진.

하지만…….

대민의 입장에선, 좋아하는 여자와의 이별 선고이기도 했다.

*   *   *

서 대리가 퇴사하기로 한 날이 다가오게 됨으로 인해 그간 홍보팀에는 많은 변화의 바람이 불고 있었다.

우선 서 대리가 퇴사를 하기 전에 민철이 대리라는 직책을 달게 되었고, 또한 서 대리의 강력 추천에 의해 대민 또한 민철과 같이 주임이라는 직책으로 승진하게 되었다.

서 대리의 마지막 선물이 승진이었음을 깨달은 대민이었으나, 그는 의연하게 자신의 승진 여부를 받아들이기로 했다.

감정적인 그라면 펑펑 우는 게 아닐까 하는 걱정도 들었으나 그것은 민철의 쓸모없는 걱정이었다.

비가 온 뒤에 땅이 굳는다 했던가.

시련은 사람을 더더욱 강하게 만들어준다.

"그동안 정말 감사했습니다."

서 대리의 퇴사 당일.

사원들과 더불어 몇몇 임원진들도 서 대리의 마지막 퇴근을 배웅해 주기 위해 회사 로비에 모습을 비추고 있었다.

인사를 하는 도중, 민철은 슬쩍 안내 데스크 쪽을 바라본다.

민철의 감시관이라 자신을 소개했던 고차원적 존재는 그날 이후 모습을 보이고 있지 않는 중이다.

최악의 결과까지 염두에 두고 있는 민철이었지만, 역시 교섭자라는 카드를 잃은 것은 타격이 좀 크다.

'녀석들 간의 세력 전쟁에 괜히 끼어버린 느낌이군.'

왠지 체스 말처럼 이용당하는 기분이라서 그다지 좋지 않은 심정을 지니고 있었다.

하지만 신과의 만남을 주선하면 모든 것이 역전된다.

민철을 방해하기 위해 레이너 슈발츠까지 이 세계로 소환한 무리가 있을 정도라면, 분명 보다 더 강도 높은 방해 공작을 펼칠 가능성이 있다.

'주의해야겠어.'

다시금 결심하기 시작하는 민철.

하지만 지금은 집중해야 할 일이 따로 있다.

"그간 고생 많았다."

"구 부장님도요."

서 대리가 빙그레 웃으면서 마지막 떠나는 순간까지 미소를 잃지 않는다.

"그리고 유 실장님은 술 좀 적당히 마시구요."

"가는 길까지 잔소리냐, 너는."

"조금은 새겨들어 주세요. 민철 씨는… 굳이 제가 말하지 않아도 잘하실 거라 생각하니 별다른 말은 하지 않을게요."

"하하, 감사합니다."

홍보팀의 에이스, 이민철 주임 아니겠는가.

아니, 이제는 이민철 대리가 되었다.

"호수 씨는… 민철 씨가 사수니까 잘하시겠죠?"

"열심히 노력하겠습니다!"

홍보팀에서 아직까지도 막내 신세를 벗어나지 못하고 있는 호수가 서 대리의 말에 목소리를 높여 대답한다.

그리고.

"대민 씨는……."

자신보다 키가 큰 대민을 살짝 올려다보는 서 대리.

그간 대민에게 많은 구박을 늘어놨던 인물이기도 하다.

그러나 이제는 헤어져야 할 시간이라는 사실에 대민도 감정을 억제한다.

참을 수 있다.

왜냐하면.

"또 만나러 가겠습니다."

"…저를요?"

"네. 언젠가는… 아니, 조만간 만나러 갈 겁니다. 전 아직 서 대리님을 포기하지 않았으니까요."

"……."

많은 사람들이 보는 앞에서 대민은 자신의 마음을 간접적으로 고백한다.

두 사람만이 알 수 있는 비밀스런 암호일지도 모르지만, 제 3자가 듣기에는 두 사람 사이에 뭔가가 있음을 충분히 눈치챌 수 있을 법한 대사였다.

살짝 얼굴을 붉힌 서 대리가 희미하게 입을 닫는다.

"그러니까 얌전히 기다리세요, 서미나 씨."

"……."

"당신을 책임질 수 있는 멋진 남자가 되어 다시 찾아갈 테니."

굳게 쥐는 두 주먹.

남자로서의 약속이다.

적어도 민철은 대민이 진심을 담아 말하고 있음을 깨달을 수 있었다.

말이라는 건 사람의 마음을 움직인다.

그리고 사람에 대한 신뢰를 얻게 만든다.

매번 불안하고 허술해 보이기만 하던 대민이 오늘따라 서 대리… 아니, 서미나의 앞에서는 벌써부터 한 명의 어엿한 남자처럼 보이고 있었다.

이제부터는 김대민 주임으로 일하게 될 것이다.

덩치는 산같이 크지만, 어린아이 같은 면모가 있는 순수한 남자.

그가 과연 내부에서도 권력 싸움이 치열한 대기업에서 얼마나 살아남을 수 있을까?

내심 걱정이 되지만, 그 걱정을 불식시키는 한 사람의 또 다른 약속이 추가된다.

"대민 씨는 제가 어떻게 해서든 끌고 가겠습니다. 그러니까 걱정하지 마세요."

"민철 씨……."

이민철이 붙어 있다면 괜찮다.

불가능을 가능하게 만드는 남자.

그것이 바로 이민철이니 말이다.

어쩔 수 없다는 듯이 가볍게 한숨을 내쉬는 서미나.

이윽고 대민을 올려다보며 최대한 밝은 미소를 선보여 준다.

"기다리고 있을게요."

*　　　*　　　*

서미나 대리가 퇴사한 뒤로 시간이 꽤 많이 흘렀다.

그간 민철은 대리직이라는 직책을 수행하면서 이미 홍보팀의 중간직으로서 자신의 소임을 다하게 되었다.

민철이 성장할수록 대민 또한 예전의 허술하기만 했던 대민이 아닌 한 명의 어엿한 직책 있는 사원으로서 한 사람 몫은 충분히 할 수 있는 수준까지 올라왔다.

호수 역시 두 사람의 보조를 맡으면서 뛰어난 기억력으로 잡무 처리에 능한 모습을 선보인다.

한 가지 안타까운 점이 있다면, 아직까지 막내 생활을 벗어나지 못했다는 점이다.

"저는 언제쯤 막내를 벗어날 수 있을까요?"

"그러게 말이다."

이제는 근 1년 차가 되어가는 호수가 휴게실에서 늘어지게 한숨을 내쉬며 민철과 대민에게 고민을 털어놓는다.

서 대리가 퇴사했다고는 하나, 그 이상의 인원 확충은 없었다.

애초에 홍보팀이 가장 바쁘게 일하는 시기가 지나기도 했다는 것이 커다란 이유를 차지하고 있었다.

"나중에 또 여름 시즌이 되면 냉방 시설 홍보하러 여기저기 바쁘게 움직이겠지. 그때 되면 새롭게 인원을 뽑지 않을까?"

"여름 때까지라……."

손으로 기간을 세어보지만, 별다른 의미는 없어 보인다.

"그것보다 민철 씨."

커피 잔을 기울이던 대민이 뭔가 한 가지 사실을 뒤늦게 떠올린 모양인지 말을 이어간다.

"아까 차 실장님한테서 연락이 왔었습니다."

"차 실장님이요?"

"네. 점심시간 끝나고… 3시쯤에 서진구 회장 대리님한테 가라 하던데요?"

"……."

대민의 말이 끝나자마자 호수가 기겁을 하며 묻는다.

"회, 회장 대리님이요?! 왜 그런 분이 이 대리님을……."

"글쎄. 일단 한번 가보면 알게 되겠지."

말은 그렇게 두루뭉술하게 하더라도 민철은 어렴풋이 서진구 회장 대리가 자신을 호출하는 이유에 대해 잘 알고 있었다.

이제 드디어 움직이기 시작한 것이다.

총괄기획팀의 전모가 서서히 드러나려는 조짐이 보였다.

저벅저벅.

엘리베이터를 타고 최상층으로 올라가는 민철.

위에는 한경배 회장이 평소 사용하던 사무실이 존재한다.

지금 그곳에서 청진그룹을 대신 이끌어가고 있는 인물은 바로 서진구다.

그가 한경배 회장을 대신해 임시적으로 회장 대리직을 맡고 있는 이유는 단 하나.

바로 청진전자 부사장인 남우진과 그 세력들을 견제하기 위해 청진그룹 자체적으로 친회장파 세력을 양성하기 위함이다.

그리고 그 시발점이 될 것이 바로 '총괄기획부'가 될 것이다.

똑똑.

민철을 안내해준 여성 비서가 가볍게 노크를 하며 자신이 데리고 온 인물의 이름을 언급한다.

"홍보팀의 이민철 대리를 데려왔습니다."

"들어오도록."

"네."

여성 비서가 슬쩍 손으로 민철에게 들어가라는 식으로 제스처를 취한다.

가볍게 고개를 끄덕여준 민철.

안으로 들어서자, 이미 그곳에는 민철뿐만이 아니라 몇몇 사람이 자리에 앉아 있었다.

영업 1팀의 황고수 부장.

경영지원팀의 한예지.

또 다른 두 명…….

'본 적이 없는 인물들이다.'

민철은 회사 내에서 그렇게까지 많은 교류를 한 편은 아니다.

애초에 그렇게까지 근무 기간이 오래된 것도 아니고, 그리고 회사 내의 교류보다는 사실 외근 쪽 업무가 훨씬 더 많았기에 모든 사람을 다 알진 못한다.

한 명은 왠지 모르게 경영지원팀에서 아부의 왕이라 불리는 서수준 대리… 아니, 최근에는 실장으로 승진했다는 이야기를 들은 바가 있으니 서수준 실장과 비슷한 면모를 뽐내는 남자로 보인다.

그리고 다른 한 명은 깐깐해 보이는 성격의 남자였다.

사람이 각자 지니고 있는 고유 아우라를 어느 정도 감지할 수 있는 민철로서는 두 사람에게서 풍겨오는 아우라가 범상치 않음을 느낄 수 있었다.

황고수 부장은 순수하게 업무적인 열정과 능력을 인정받아 애초에 서진구 회장 대리와 한경배 회장이 눈독을 들였던 인물이기도 하다.

한예지의 경우에는 소위 말해서 '낙하산'이라고 표현할 만큼의 위치를 차지하고 있다. 무엇보다도 한경배 회장의 손녀딸이니 말이다.

그렇다면 분명.

두 사람 다 황고수 부장, 그리고 이민철 대리와 같이 특별한 무언가를 인정받아 이 자리까지 오게 되었음을 시사하는 게 분명하다.

'내가 모르는 재야의 고수가 또 있을 줄이야.'

회사 내부의 모든 사람을 다 알진 못하지만, 그래도 특출 난 몇몇은 알고 있다고 생각한 민철이었다.

차 실장의 경우에도 그렇다.

인사팀 내에서도 차 실장이 없으면 부서가 돌아가지 않는 다는 말이 나올 정도다.

그 정도로 각 부서 내에서 영향력이 있는 사람들을 고르고 골라 총괄기획부에 참가시킬 예정일 게 틀림없다.

"다 모였나 보군."

서진구 회장 대리가 만족스러운 미소를 지어 보이며 다섯 명의 인재를 바라본다.

"민철이 자네도 일단 앉지? 소개는 한꺼번에 할 예정이니 까."

"예, 알겠습니다."

서진구 회장 대리의 말에 민철이 자연스럽게 소파에 착석 한다.

빈자리라고는 한예지의 바로 옆자리였기에 그쪽 자리에 가서 앉는다.

"설마 여기서 뵙게 될 줄은 몰랐군요."

민철이 목소리를 살짝 줄이며 예지에게 인사할 겸 그녀가 이 자리에 있어서 놀랐다는 식으로 대화를 주도해 본다.

그러나.

예지의 다음 이어질 말은 상당히 충격적이었다.

"있을 수밖에 없는 이유가 있거든요."

"그건……."

"전 한경배 회장님의 손녀딸이니까요."

"……!"

알고는 있었다.

이미 진작부터 알고 있는 사실 중 하나였으니 말이다.

하지만 민철이 놀랄 수밖에 없던 이유는 바로 자신이 한경배 회장의 손녀딸임을 밝힌다는 점에 있었다.

남들에게 들리면 어쩌려고 이런 발언을 하는 것인가.

그러나.

예지의 이런 돌발적인 발언에도 불구하고 황고수 부장과 더불어 남은 두 사람 또한 마치 예지가 한경배 회장의 손녀딸임을 '알고 있다' 라는 듯이 미세하게 고개를 끄덕인다.

이들의 모습을 보자마자 민철은 순간적으로 대략 상황이 어떻게 흘러가고 있는지 눈치챌 수 있었다.

'과연… 그렇게 된 거로군.'

서진구 회장 대리도 조금 있다가 전부 말할 예정인 거 같지만, 민철의 추측은 대략 이러했다.

여기 이 자리에 있는 모두는 적어도 한경배 회장이 끝까지 데리고 갈 친회장파 세력의 주축 인물들이 될 것이다.

그렇지 않고서는 한경배 회장이 그토록 보물단지처럼 애

지중지하는 소중한 손녀딸인 한예지의 정체를 스스로 밝히게 만들 이유는 없을 것이다.

'서로 공유할 수 있는 것은 전부 공유한다는 뜻인가.'

그렇다 해도 비밀에 감춰져 있던 한예지의 정체를 밝히는 것은 위험부담이 꽤나 크다.

그만큼 여기에 있는 사람들은 전부 다 한경배 회장의 입장에선 믿을 만한 사람이라는 것을 뜻하는 것일지도 모른다.

하나 사람을 쉽게 믿지 않는 민철이라면 한경배 회장과 같은 방식을 선택하진 않을 것이다.

어찌 되었든 민철이 여기서 왈가불가해봤자 달라지는 건 없다.

중요한 것은 바로 지금부터니 말이다.

* * *

총괄기획부로 선정된 이들.

민철이 알지 못하는 2명의 남자도 있지만, 어차피 나중에 시간이 되면 자연스럽게 알게 될 것이다.

지금은 그것보다 또 다른 놀라운 이야기에 귀를 기울여야 할 때.

"자네들도 알다시피, 여기에 모인 이들이 일단은 한경배 회장님께서 추진하신 부서의 주축 인재들이 될 것이네. 그리고 총괄기획부를 담당하게 될 임원은 내가 될 예정이지."

"질문 하나 드려도 되겠습니까?"

기다렸다는 듯이 손을 들고 자신의 의견을 표출하기 시작하는 황고수 부장.

임원을 제외하고는 사원들 계급에서 이들을 이끌어가야하는 입장이기에 가장 많은 궁금증을 가지고 있을 만한 인물임에는 틀림이 없을 것이다.

"말해보도록."

"실례가 되는 의견이라고는 생각하지만, 회장 대리직을 맡고 계신 분께서 어느 한 부서를 직접 담당하게 되신다면 그건 다른 부서의 반발을 불러일으키지 않을까 싶습니다. 누가 봐도 앞으로 창설될 총괄기획부를 대놓고 편애한다는 것이 드러나지 않겠습니까?"

"물론 그 점도 있겠지."

회장 대리를 맡고 있는 자가 직접 부서를 담당하게 된다는 건 의미가 크다.

현재 회장은 한경배 회장이나, 그가 현재 회사에 나오지 않고 있는 이상 회장 자리는 곧 서진구가 잠시 빌리고 있음을 시사하기 때문이다.

그렇게 된다면 다른 부서의 반발을 자연스럽게 유도할 수 있다.

한 부서만 편애하는 것이 눈에 빤히 보이는데, 좋아할 만한 사람이 어디 있겠는가.

그러나 이어질 서진구 회장 대리의 발언은 더욱 충격적이기도 했다.

"난 조만간 회장 대리직에서 물러날 생각이네."

"그렇다면……."

"아, 그렇다 해도 회사를 나가는 건 아니니 안심해도 되네. 나보다 더 우수한 분이 다시 회장직을 맡으실 예정이시니까."

그 말에 모두가 긴장하며 설마하는 눈치로 서진구를 바라본다.

이윽고 서진구의 입가에 미소가 그려진다.

"한경배 회장님께서 다시 복귀하실 예정이네."

한경배 회장의 복귀!

그 사실이 청진그룹 내부에 끼칠 영향력은 실로 어마어마하다 할 수 있을 것이다.

"일단 매스컴에서 난리가 나겠군."

청진전자 부사장, 남우진.

그의 심기는 상당히 불편할 수밖에 없었다.

자신의 아들도 총무과에서 점차적으로 성장하기 시작했다.

이제 뒤를 봐주면서 한경배 회장이 인정할 법한 실력자로

키우면 되는데, 문제는 그 노인네가 또 무슨 꿍꿍이를 꾸미고 있는 것 같은 기분이 든다.

한경배 회장은 철저한 실력주의 사상을 지니고 있다.

그래서 자신의 아들인 남성진도 실력적인 면에서는 높게 평가하고 있다.

비록 자신을 마음에 들어 하지 않고 있지만, 한경배 회장이 남성진에게 눈독을 들이게끔 만든다면 자신의 아들이 청진그룹을 차지하는 것도 결코 어려운 일은 아닐 게 틀림없다.

하지만 이번 총괄기획부 창설 멤버에 남성진의 이름은 포함되지 않았다.

"일단은 견제… 란 뜻인가?"

물론 남우진도 어느 정도 예상은 했다.

한경배 회장은 남성진의 실력은 인정하되, 남우진의 아들을 인정한 건 아니다.

대한민국에서 아무리 능력을 우선시하며 사람을 평가한다 하더라도 인맥과 혈연, 학연, 지연이 얽히지 않을 리가 없다.

그 철저한 한경배 회장도 자신의 손녀딸을 특채로 입사시키지 않았겠는가.

"그나저나 이 아가씨가 설마 한경배 회장의 손녀딸이었을 줄이야."

사진으로 바라봐도 얼핏 한경배 회장과 비슷한 면모가 보이는 거 같긴 하다.

한예지.

총괄기획부 명단을 보자마자 남우진은 예지가 한경배 회장의 손녀딸임을 직감했다.

손녀딸이 명단에 포함될 거라는 정보는 이미 진작부터 입수했다.

멤버 중에서 여성 멤버도 실제론 한예지 한 명밖에 없고, 나이로 따져 봐도 손녀딸이라는 사실을 직감할 수 있다.

그리고 자신의 아들인 남성진이 중국에 가서 본 증거들을 접목시킨다면.

"능구렁이 같은 사람이군, 회장도."

그래 봤자 한예지는 별로 견제 대상이 되지 못한다.

이미 대기업을 넘어 초기업으로 성장한 청진그룹. 더 이상 한경배 회장 혼자만의 기업이 아니다.

청진전자를 거의 독식하고 있는 자기 자신을 포함해 몇몇 임원이 자신의 편을 들어주면, 한경배 회장의 지위도 위태로워질 것이다.

한경배 회장이 비록 남성진을 실력적으로 인정은 하나, 그를 함부로 자신이 만든 총괄기획부에 발을 들여놓게끔 하지 못한 이유가 바로 그것이다.

만약 남성진이 남우진의 아들이 아니었다면 이 명단에 포함되어 있을지도 모른다.

한경배 회장이 추구하는 실력주의에 충족된 인물인데, 도리어 그 뒷배경 때문에 회장의 특별 세력에 들지 못했다.

이 얼마나 언밸런스한 상황이란 말인가.

"한번 발버둥을 쳐 보라지. 후후."

남우진은 그저 여유롭게 웃음을 흘릴 뿐이었다.

한경배 회장의 복귀 소식은 총괄기획부 멤버들뿐만이 아니라 회사 내부에는 이미 알 만한 사람들은 전부 다 아는 소식이 되어버렸다.

비밀이란 자고로 3명 이상이 알게 되면 더 이상 비밀이라는 자격을 유지할 수 없다 했던가.

"회장님의 복귀라……."

홍보팀 내부에서도 한경배 회장의 복귀를 두고 구 부장의 머릿속이 한창 복잡하게 돌아가고 있었다.

한경배 회장이 복귀한다는 뜻은.

'이제 나도 슬슬 세력을 정해야 한다는 걸 뜻할지도.'

물론 구 부장의 성격상 사내 정치에는 별로 관여되고 싶어 하지 않는 게 당연하다.

그냥 얌전히 돈만 받으며 평온한 가정을 유지하고 싶은 게 그의 심정이기 때문이다.

하지만 오랫동안 회사에 다니려면 어느 한 곳에 살짝 발을 들여놓는 게 좋다.

중립을 지키고 있으면 분명 압박이 들어올 테니 말이다.

"뭐… 나도 강제긴 하지만, 정해지긴 했으니."

구 부장이 들어야 할 파벌은 사실 거의 강제적으로 정해지긴 했다.

그가 누구인가.

회사 내에서는 눈치의 왕이라 불리는 지위를 차지하고 있다.

말은 하지 않고 있지만, 이번에 대리로 승진하게 된 이민철이 총괄기획부서로 발령이 나게 될 거란 정보는 이미 사전에 파악해 뒀다.

당사자인 민철은 아직 미리 말하기엔 시기상조라는 생각이 들어 굳이 다른 이들에겐 말하지 않고 있지만, 구 부장은 차 실장과의 교류를 통해서 알게 모르게 총괄기회부 명단을 입수했다.

그 명단이 공개되는 순간.

아마도 회사 내에서는 큰 파장이 일어나리라.

한편, 민철은 여러모로 생각을 많이 하고 있었다.

자신이 청진그룹을 독차지하기 위해서 선택한 쪽은 바로 한경배 회장의 세력 쪽이다.

하지만 이게 과연 옳은 일일까?

차라리 예지가 추진력이 있고 회사 내에서 어느 정도 지위를 차지하고 있는 인물이었다면 자연스럽게 한경배 회장 쪽으로 분위기가 기울었을 것이다.

그러나 예지는 거의 막내에 불과하고, 게다가 추진력이라든지 우수한 능력을 보유하고 있진 않다.

그렇게 되면 과연 지분을 나눠 가지고 있는 임원들이 한경배 회장 쪽에게 손을 들어줄까?

후임이 제대로 된 모습을 보여야 그 세력의 미래가 보인다.

남우진은 이미 남성진이라는 우수한 카드를 보이고 있다.

그러나 한경배 회장은?

남성진을 상대로 과연 예지가 세력전을 펼칠 수 있을까?

지금까지 민철이 보아온 한예지란 인물의 성격상 절대 그렇진 못할 거란 판단을 하게 된다.

그렇게 된다면.

'한경배 회장이 좀 더 나에게 의지하도록 만들어야 해.'

회사 내에서 남성진을 상대할 수 있는 인물은.

바로 이민철 자신밖에 없다.

남성진은 모든 것을 가졌다 할 수 있다.

집안이면 집안, 돈이면 돈, 사회적 지위면 사회적 지위, 심지어 자기 관리에 철저하고 업무적인 능력도 우수하다.

말 그대로 완벽에 가까운 남자.

실제로 남성진 본인도 완벽주의자이기도 하다.

그런 데다 자본주의 사회의 상위 클래스에서 태어난 괴물 같은 녀석을 과연 누가 상대할 수 있을까.

남성진을 이겨본 유일한 사람만이 그를 꺾을 수 있을 것이다.

'힘 좀 써봐야겠군.'

빙그레 미소를 짓기 시작하는 이민철.

이제부터 본격적인 사내 정치 싸움이다!

그리고 정치 싸움에서 승리해 청진그룹을 자신의 손안에 얻는다!

신과의 만남을 추진하기 위해서.

고차원적 존재들의 방해를 제치고 인간계에서 자신에게 주어진 미션을 성공시킴으로써 신과의 만남을 가질 수 있는 자격을 획득한다.

이후 신과의 만남을 성사시켜 모든 인간을 대표해 신을 상대로 협상 테이블을 만든다.

오로지 믿을 것은 자신의 잔머리와.

그리고 말뿐.

가지고 있는 무기란 그저 그것밖에 없다.

그 자리에서 민철은 최상의 결과를 이끌어낼 것이다.

최소한.

'고차원적 존재로 오를 자리 하나 정도는 차지하게끔 해봐야지.'

물론.

그것도 최소한으로서 이뤄야 할 성과밖에 안 되지만 말이다.

뽑아낼 수 있을 건 최대한 뽑아먹는다.

그게 바로 이민철… 레이폰 더 데스사이드식 교섭 방식이다.

본사가 폭풍 전야(暴風前夜) 상황에 놓이고 있을 무렵.

"날씨 기가 막히게 좋구만."

레이너 슈발츠… 아니, 현재 시대에서는 도안이란 이름으로 살고 있는 젊은 청년은 잠시 찌뿌둥한 몸을 풀기 위해 영업지점 바깥으로 나와 스트레칭을 시전한다.

마법으로도 충분히 피로를 풀 수 있지만, 이렇게 직접 몸을 움직이는 일 또한 맑은 정신 건강과 체력, 그리고 신체 건강도 유지해 준다.

마법사이기에 그다지 체력이 높은 편은 아니기에 이번 생에서는 체력 단련 좀 할까 하는 소소한 목표도 생겼다.

그래서 헬스장이라는 곳을 끊고서 최근에는 열심히 운동을 하기 시작했다.

"그나저나 MBS 측에선 아직 연락이 없군."

본사에서 일하고 있는 민철에게서 요즘은 연락이 뜸했다.

하긴, 그쪽은 심곡 지점과는 차원이 다른 본사 아니겠는가.

MBS에 소속되어 있는 현대 마법사로서, 그리고 회사원이라는 직책으로서 이중의 신분을 지니고 살아가기에는 확실히 바쁠 만도 하다.

"나중에 한번 찾아가서 인사라도 드려야 하나."

그쪽이 바쁘다면 도안이 직접 찾아가는 것도 나쁘진 않다.

그러나.

"아니지. 괜히 또 불쑥 찾아가면 오히려 폐가 될지도 모르니까."

성실하고 정의로운 청년, 도안다운 발상이었다.

잠시 그렇게 회사 바깥에서 몸을 풀고 있는 와중에, 도안의 시선이 횡단보도로 향한다.

무거운 짐을 끙끙거리며 옮기고 있는 할머니의 모습을 보자마자 도안의 정의심이 불타오른다.

빠른 걸음으로 다가가 할머니의 짐을 대신 들어주는 도안.

"건너편까지만 가면 되죠? 제가 들어드릴게요."

"어이쿠, 고마우이!"

할머니의 짐을 들고 천천히 횡단보도를 건너기 시작한다.

바로 그때, 신호등에서 잠시 대기 중이던 검은 차량.

그 안에서 어느 누군가가 도안을 바라보기 시작한다.

"저 청년은……."

뒷좌석에 앉은 한 노인이 도안의 목에 걸려 있는 사원증을 슬쩍 바라본다.

도안과 할머니가 검은 차량을 지나갈 때 사원증을 확인한 노인이 짧게 읊조린다.

"심곡 지점 사원이군."

"요즘 청년답지 않게 성실해 보입니다."

운전기사 역시 도안을 칭찬한다.

잠시 고민하던 노인이 운전기사에게 차량의 방향을 돌릴 것을 요청하기 시작한다.

"잠깐 심곡 지점 좀 들를까."

노인의 지시를 듣자마자 운전기사가 토를 달지 않고 곧장 성실히 답변을 들려준다.

"알겠습니다, 한경배 회장님."

제7장

적과의 동침

매장 내부로 들어서는 한경배 회장.

"어서 오세요."

처음에는 무슨 점잖게 생긴 노인네 한 명이 지점을 방문하나 싶던 윤준호 주임이었으나, 이내 곧 노인을 뒤따라오는 검은 양복의 두 남자를 바라보고서 범상치 않은 노인네임을 눈치챈다.

'뭐 하는 사람이지?

혹시 다른 업체 바이어인가?

하지만 그렇게 보기에는 뭔가 좀…….

낯이 익다고 해야 하나.

'어디서 많이 본 사람 같은데······.'

노인을 지그시 바라보던 와중에, 출장 갔던 석인이 마침 매장 후문으로 들어오며 윤 주임에게 말을 건다.

"윤 주임님. 무슨 일이세요?"

"아, 석인 씨. 혹시 저 사람 말이야, 어디서 본 적 있지 않아?"

멀찌감치서 제품들을 구경하기 시작하는 노인.

그리고 그 노인을 마치 보호하려는 듯이 양쪽 사이드에 위치한 검은 양복의 남자들.

익숙하든 않든 그건 둘째 치고, 아무것도 모르는 사람이 노인과 일행들을 본다 하더라도 결코 평범한 사람은 아님을 깨달을 수 있었다.

혹은 돈 많은 사업가이거나.

어느 쪽이든 간에 중요한 인물, 혹은 앞으로 중요해질 인물이 될 가능성이 크다.

하지만 그 이전에.

"저, 저분은······!"

놀란 석인이 호들갑을 떨며 이렇게 말하는 거 아닌가.

"하, 한경배 회장님이시잖아요!"

"뭐어?!?!"

놀란 윤 주임이 자신도 모르게 새된 비명을 지른다.

그러자 한경배 회장이 슬쩍 윤 주임과 석인에게 시선을 돌리며 예상치 못한 발언을 던진다.

"손님이 진열된 상품을 바라보는데 오히려 종업원들이 시끄럽게 굴면 쓰나. 교육이 잘못되어 있구만."

"죄, 죄송합니다, 회장님!!"

"음, 뒤늦게 알아보다니. 조금 섭섭한걸."

말은 그렇게 해도 한경배 회장의 입가에는 장난기 가득한 미소가 어려 있었다.

후다닥 다가와 연신 고개를 숙이며 한경배 회장에게 뒤늦은 인사를 드리기 시작하는 두 젊은 사원들.

그러나 한경배 회장은 됐다는 듯이 손사래를 친다.

"그보다도 본부장은 어디 갔지?"

"그… 출장 나갔습니다!"

"흠… 뭐, 바깥에 나가서 열심히 발 벗고 뛰는 게 오히려 좋지. 본부장이라고 사무실에 틀어박혀 있는 것보다는 말이야."

"하, 하하……."

"그럼 그 아랫선은 없나?"

"잠시만 기다려 주시기 바랍니다. 곧바로 서인수 과장 데리고 오겠습니다!"

"과장급은 남아 있군. 그럼 부탁 좀 하지."

"네, 알겠습니다!"

쏜살같이 계단 위로 뛰어올라가는 윤 주임.

졸지에 혼자 남게 된 석인은 회장과 더불어 보디가드 남자 두 명을 벙찐 표정으로 바라볼 수밖에 없었다.

인턴 이후로 큰 위기를 맞이하게 된 유석인.

그에게 한경배 회장이 또다시 미소를 지으며 제안을 한다.

"차라도 좀 대접받고 싶은데."

"고, 곧바로 준비하겠습니다!"

그의 발걸음도 윤 주임 못지않게 빠른 속도로 움직이기 시작한다.

"으~흐!!"

옥상에서 기지개를 펴며 잠시 몸을 풀기 시작하는 민철.

그러자 뒤에서 키득키득 웃으며 등장한 남자 한 명이 민철에게 말을 걸어온다.

"독특한 기합 소리로군."

"아, 황 부장님이십니까."

살짝 고개를 숙이며 인사하는 민철에게 됐다는 식으로 손을 들어 보이던 황 부장이 자연스럽게 민철의 옆에 선다.

그러면서 담배를 슬쩍 내밀며 묻는다.

"한 대 피울 텐가?"

"비흡연자라서… 죄송합니다."

"하하, 비흡연자가 죄송할 게 뭐가 있겠나. 죄를 지은 것도 아니고. 오히려 담배와 연을 끊어두는 게 더 좋은 일이야. 건

강을 생각해서라도 말이야."

말은 그렇게 하지만, 정작 충고를 들려준 당사자인 황 고수는 너무나도 익숙하게 담배를 입에 물기 시작한다.

그러면서 불을 붙인 뒤 늘어지게 담배 연기를 뿜어낸다.

"자네 처음 만났을 때가 떠오르는구만."

"…그렇습니까?"

"그때 당시에는 정말 패기 넘치는 녀석이란 인상이 강했지. 사실 그래서 여기 청진그룹 본사에 입사하고 나서 잘 적응할 수 있을지 걱정했어. 그랬는데 이게 웬걸? 완전 보물단지가 되어 있더군."

"그저 우연입니다."

"우연이라는 단어로 커버하기에는 좀 무리가 있지. 그 대단한 남성진을 따돌리고 동기들 중에서 가장 먼저 승진한 이력을 지닌 자네인데 말이야."

민철이 보여주는 건 결국 겸손이다.

그는 함부로 자신의 존재를 어필하지 않는다.

오히려 뒤에서 조종하는 부류에 속한다.

그런 타입이 더 무서운 법.

오랜 영업 활동으로 인해 황 부장은 그 사실을 본능적으로 깨닫고 있었다.

"이제 얼마 남지 않았어. 총괄기획부가 창설될 시기 말이야."

"그렇군요."

"서진구 회장 대리님께 들어서 알겠지만, 자네가 맡을 직책은 대리야. 중간직으로서 든든한 허리 역할을 해줘야 우리가 다른 부서들에게 무시당하지 않고 앞으로 치고 나갈 수 있겠지. 안 그래도 한경배 회장님의 후광을 받았다는 점 때문에 여기저기서 시기와 질투의 목소리가 들려오더군."

정확히는 아니지만 그래도 총괄기획부 창설에 대해선 벌써 몇몇 인사들은 이미 그 정보를 접한 지 오래였다.

아직 정식으로 인사이동 공고가 안 나왔기에 누구누구라고 말은 못 하지만, 아마 총괄기획부에 소속될 사람이 누구인지도 상세하게 알고 있는 인물도 분명 있으리라.

"적어도 남우진 부사장님 정돈 알고 계시겠지. 그분이 반회장 세력의 주축이기도 하니까."

"……."

친회장파가 생성될 수 있었던 가장 큰 계기는 바로 남우진의 세력 덕분이다.

본래 빛이 있으면 그림자가 있는 법.

그리고 그림자가 생성되려면 빛이 존재해야 하는 법이다.

상응하는 세력이 존재하려면 독보적인 세력이 있어야 반작용으로 그 세력에 반감을 가지는 집단이 하나둘씩 뭉치게된다.

"아무튼 일단 적어도 총무과를 중점으로 우리 쪽에 견제가 많이 들어올 거네. 총무과에는 남성진이 포함되어 있기도 하고, 그리고 총괄기획부는 사실 총무과의 업무와 겹치는 부분이 많거든."

다시 한 번 담배 연기를 길게 내뿜은 황 부장이 씁쓸하게 웃어 보이며 말한다.

"나도 지금은 외근보다 오히려 회사 내부 인사들과 접촉하느라 많은 시간을 할애하고 있어. 창설되자마자 다른 부서에게 묻히는 꼴을 면하기 위해서 말이지."

"그렇군요."

"아무쪼록 민철이 너도 잘 대처하길 바란다. 너희 동기들 통해서라도 가급적이면 우리와 친하게 지낼 부서 몇몇 정도는 알아두는 게 좋아."

그렇게 말하며 황 부장이 자리를 뜬다.

이제 정말 얼마 안 남았다.

이들의 인사이동 발표가 있기 이제 근 한 달 전.

나름 오랫동안 일해오던 홍보부를 떠남과 동시에.

새로운 출발을 해야 할 시점이 다가오고 있었다.

"저 왔습니다."

잠시 바깥에서 사무 용품 심부름을 해결하고 온 도안이 매장 내부로 들어온다.

그와 동시에.

'음……?'

수상한 분위기를 온몸으로 체감한다.

뭐라고 해야 할까.

평소 심곡 지점이라고 하기에는 분위기가 잔뜩 얼어붙은 그런 기분이라고 표현해야 좋을지도 모르겠다.

"무슨 일이라도 있나?"

일단 사무실로 올라가서 사무 용품이라도 내려놓아야 한다는 생각을 품게 된 도안.

바로 그때였다.

우르르르르!

한 사람을 중심으로 서 과장, 윤 주임, 그리고 석인 등등.

다수의 사람들이 휴게실에서 몰려나오며 노인 한 명을 포위하듯 등장한다.

"……!"

휴게실에서 막 나온 노인이 이제 막 계단을 올라가려던 도안을 바라본다.

"아까 그 청년이로군."

"저… 말씀이십니까?"

자신을 가리키며 되묻는 도안.

그러자 서 과장의 표정이 사색으로 변한다.

"이, 이번에 새로 들어오게 된 저희 막내 직원입니다. 도안 씨! 자기소개 해, 어서!"

항상 냉철하고 침착한 태도로 업무에 임하던 서 과장이 오늘은 정말 보기 드물게 심히 당황하는 모습을 선보인다.

자기소개라.

별로 어려운 일은 아니기에 계단을 내려온 도안이 살짝 고개를 끄덕이며 말한다.

"안녕하세요. 심곡 지점에서 일하고 있는 신입 사원, 도안이라 합니다."

"도안이라. 특이한 이름이로군."

노인이 작은 감탄사를 연발하며 자신만의 소감을 내비친다.

도안보다도 더 특이한 '레이너 슈발츠'라는 이름을 지니고 있기에 딱히 노인의 말에 별다른 반응을 보여주진 않는다.

"아까 횡단보도에서 자네가 배푼 선행, 잘 보았네."

"횡단보도라면……."

"할머니의 무거운 짐을 대신 짊어지고 횡단보도를 건넜지. 내가 타고 있던 차가 마침 정지선에서 멈춰 있었네. 자네가 우리 차량 바로 앞을 지나갈 때 내 눈여겨봤지."

"아… 그랬군요."

불과 몇 분 전의 일이었기에 도안은 어렵지 않게 그 일을 떠올릴 수 있었다.

"요즘 젊은이치고는 괜찮은 태도더군."

노인, 즉 한경배 회장의 말에 서 과장이 이때다 싶어 말을 거든다.

"막내 사원답지 않게 일도 성실히 잘할뿐더러, 특히나 저희 매장 내에서는 '약손'이라는 별칭을 가지고 있습니다."

"약손?"

"예. 이 친구가 만져 주면 특이하게도 아픈 곳이 금방 나아집니다. 특히나 매장을 자주 찾는 고연령층 고객님에게 호평입니다."

"과연, 그렇군."

한경배 회장의 시선이 더욱 가늘어진다.

바로 그때.

마침 근처에서 가전제품을 보고 있던 또 다른 노인 한 명이 도안을 바라보며 다가온다.

"아이구, 청년!"

"아, 할머니! 오셨군요."

한경배 회장이 바로 앞에 있음에도 도안은 그 할머니에게 다가가 반갑게 인사한다.

"오늘은 또 무슨 일로 오셨어요?"

"우리 손녀딸이 하도 덥다고 칭얼거려서… 쬐그만한 선풍기 하나 사주려고 왔지!"

"하하, 그런 거라면 이 제품이 좋아요. 요즘 한창 세일하고 있으니 가격 부담도 덜하고요. 그리고 시즌 상품이 아니라서 할머니 용돈으로도 충분히 사실 수 있어요."

"하이쿠! 그런 것까지 신경 안 써줘도 되는디! 위매!"

"에이, 할머니 용돈 사정에 맞춰서 제품을 추천해 줘야 할머니한테도 좋은 거죠."

무조건 비싼 제품을 팔아먹으려 하진 않는다.

비록 그게 만 원대 싸구려 가전제품이라 하더라도 도안은 친절하게 고객맞춤형으로 가전제품을 추천한다.

두 사람의 담화를 듣고 있던 한경배 회장이 슬쩍 미소를 지으며 말한다.

"사실 나 같은 노인 혼자서 매장을 찾는다면, 보통은 매장 직원들이 무시하거나 하는 그런 감정이 담긴 눈빛을 자주 보곤 하지. 실제로 내가 손님으로 둔갑했을 때 몇 번 찾아갔던 매장이 있었어. 그런데 대다수가 그런 반응을 보였지. 노인이 얼마나 전자기기에 대해 알겠냐고, 그리고 노인이 얼마나 경제력이 있겠냐고."

"……"

말없이 그의 말을 경청하기 시작하는 심곡 지점 직원들.

계속해서 한경배 회장의 말이 이어지기 시작한다.

"하지만 손님이라는 건, 그리고 고객이라는 건 나이와 성별을 뛰어넘어 언제나 최선을 다해 대접해야 하는 존재라고 할 수 있지. 그들의 지갑을 열게 하는 건 결코 쉬운 일이 아니야. 서비스업이라는 직종이 그만큼 사람을 대하는 일이기에 힘들지도 모르지만, 그 힘듦을 감수하고 자신의 업무에 최선을 다하는 자가 진정한 승리자가 되겠지."

한경배 회장의 뇌리에 과거 자신이 서진구와 함께 아무것
도 없던 맨땅에서 겨우 작은 사무실을 운영하며 청진그룹을
여기까지 세운 일화가 주마등처럼 스쳐 지나간다.

"저 청년, 이름이 뭐라고 했지?"

"도안입니다, 회장님."

서 과장의 말에 한경배 회장이 고개를 끄덕인다.

"저 친구, 부디 꼭 본사로 데려오고 싶군."

*   *   *

청진그룹 본사 내부에서 총괄기획부에 관한 내용이 드디
어 정식으로 발표되었다.

인사이동에 관한 발표가 나오자, 홍보부 또한 그 여파를 피
해 갈 수 없었다.

우선 중간 관리직에서 중추 역할을 하던 이민철이 총괄기
획부로 자리를 옮기게 되었다는 사실 자체만으로도 커다란
파급력을 지니고 있었다.

"쓸쓸해지겠구만."

유 실장이 아쉽다는 듯이 말을 던진다.

태봉에 이어서 서미나, 그리고 이민철까지.

"우리 부서, 무속인이라도 불러서 뭔가 작두라도 타게 만

들어야 하는 거 아닙니까? 요즘 너무 다사다난한데요."

장난식으로 말하는 게 분명하긴 하지만, 유 실장의 말이 전혀 일리가 없는 것도 아니다.

요 근래 들어서 홍보부는 정말 말도 많고 탈도 많았던 시간을 보내왔다.

홍보 모델에 관한 건수도, 그리고 태봉에 관한 사건도.

구 부장으로서는 골머리를 썩일 만한 일들뿐이었지만, 그 사건을 슬기롭게 극복한 이유는 바로 이민철이라는 인물이 존재했기 때문이다.

그러나 그가 이제부터는 총괄기획부로 자리를 옮긴다.

홍보부에서는 더 이상 이민철이라는 와일드카드를 사용할 수 없게 되었다.

"……."

구 부장은 유 실장의 말을 받아줄 생각조차 없는지 그저 공식적으로 내려온 공문을 바라만 볼 뿐, 별다른 말을 하지 않는다.

아쉬움 때문이 아니다.

'말 그대로 에이스들만 골라 잡아가는구만.'

영업팀의 황고수 부장은 청진그룹 내부에서도 그 실력을 인정받는 인물 중 가장 대표적인 인물이다.

학연, 지연 등 그 모든 것들과 무관하게 순전히 자신의 실력만으로 영업 1팀의 부장 자리를 오랫동안 지켜왔다.

그리고 조성민 실장.

현재는 총무부에서 일을 하고 있으며, 아마 일반 사원들을 통틀어 가장 많은 부서 이동을 해온 사람으로 알려져 있다.

그로 인해 붙은 별명이 바로 '인맥의 왕'.

내부 인사들뿐만이 아니라 외부 바이어들까지 전부 꽉 잡고 있는 진정한 인맥의 왕이라 불리고 있다.

이민철의 아래에서 일하게 될 서기남 주임.

감사팀 출신으로서, 그 어떠한 기업보다도 깐깐하기로 소문이 난 청진그룹 감사팀 출신답게 눈썰미가 실로 매우 날카롭다.

여기에 이민철까지.

사실 민철은 자타가 공인하는 실력자 중에서도 실력자다.

동기 중 가장 엘리트 코스를 밟고 있는 남성진보다도 훨씬 더 승진 가도에 앞서 나가며 내부 직원들 사이에 이민철이라는 이름 세 글자를 제대로 박히게끔 만들었다.

또한 조성민 실장급은 아니더라도, 민철 또한 여러 방면으로 타 기업들과 연을 가지고 있다.

우선 머메이드의 이체린과 연인 관계이기도 하며, 그간 홍보팀 사원으로 활동하면서 일명 '큰손'이라 불릴 법한 기업들과는 제법 연이 있는 편이다.

민철을 포함해 이들 4명에게도 절로 무게추가 실어지고 있었지만······.

'사실 가장 무서운 인물은 따로 있지.'

직책을 가지고 있는 사원들보다도 가장 무서운 자가 존재한다.

바로 한예지.

공식적으로 한경배 회장의 손녀딸이라는 사실이 밝혀짐으로 인해 현재 경영지원팀은 말 그대로 패닉 상태였다.

지금까지 예지가 한경배 회장의 손녀딸이란 사실을 전혀 모르고 있었기에 그간 그녀를 하대하거나 아니면 함부로 대하던 사원들은 지금 강제 퇴사를 당할까 봐 노심초사하는 중이다.

예지의 한마디면 경영지원팀은 한마디로 초토화가 된다.

그러나 그녀 자체가 본래는 냉정하고 냉철한 성격을 지니고 있지 않다.

물론 섭섭한 대우를 받은 건 분명하지만, 그런 거 가지고 사람들을 내치거나 할 만한 인물은 아니다.

'역시 사람 일은 알다가도 모르겠군.'

중국 출장 때 예지가 평범한 사람이 아닐 거란 예상은 했지만, 설마 회장의 손녀딸일 줄은 꿈에도 몰랐다.

이렇게 해서 총괄기획부 5인방이 정식으로 확정되었다.

그 이후로 꾸준히 인원 확충 계획이 있다고는 하나, 그건 앞으로 초대 총괄기획부 멤버들의 활약에 따라 달라질 것이다.

이 부서의 운명이라고 할까.

한경배 회장의 직속 세력이라고는 하나, 그만큼 반대 세력에 의한 견제가 많이 들어올 것이다.

우선 총무부.

남성진이 위치하고 있는 총무부로서는 앞으로 총괄기획부와 많은 충돌을 야기할 것이다.

애초에 두 부서 자체가 서로 업무적인 면에서 겹치는 부분도 꽤나 있기 때문이다.

어느 부서가 어느 영향력 있는 권한을 가져오느냐의 싸움에 앞으로의 귀추가 주목된다.

홍보팀은 구 부장과 유 실장이 있는 한 총괄기획부의 편을 들어줄 것이다.

경영지원팀도 아마 한예지라는 인물에게 잘 보여야 하기 때문에 총괄기획부 쪽으로 분위기를 몰아가지 않을까.

인사팀은 내부적으로 애매한 위치에 서 있다.

영업팀은 워낙 부서 규모 자체가 크다 보니 각각 지향하는 세력이 다를 것이다.

총괄기획부의 등장으로 인해 점차적으로 사내 정치 싸움이 심화될 예정임에 틀림이 없다.

"난 그냥 얌전히 회사 업무나 처리하면서 오랫동안 다니고 싶은 생각뿐인데."

구 부장으로서는 쓴웃음을 내비칠 수밖에 없었다.

"그나저나 민철이가 나가면 또 인원 확충해야 하는 거 아닙니까? 서 대리가 나갈 때에도 인원 확충이 없었는데, 민철이까지 나가면 한 명 정도는 뽑아야죠."

"아, 그건 이미 이야기가 끝났다."

걱정하지 말라는 듯이 유 실장에게 으름장을 늘어놓는 구 부장.

"제가 모르는 사이에 벌써 이야기가 끝났습니까?"

"인사팀에서 마침 인재 한 명을 본사 내에 배치하기로 했다는 말을 들었거든. 우리 쪽에 인원이 없다고 차 실장에게 말했으니 아마 우리한테 그 신입을 줄 거다."

"신입인가요? 특채로 뽑은……?"

"아니."

구 부장이 잠시 기억을 더듬으며 천천히 말을 이어간다.

"심곡 지점에서 차출해 온 사람이라 들었는데… 이름이 뭐더라. 도… 맞아, 도안이라고 했지."

"……"

민철의 머릿속은 복잡해질 수밖에 없었다.

다름이 아닌 바로…….

"이야, 집이 진짜 좋네요! 매번 반지하에서 살다보니 지상에 있는 건물에 살게 될 줄이야……!"

팔자 좋게 자신이 이사할 집을 구경하며 감탄 중인 도안 때문이었다.

레디너스 대륙에서 최연소로 9클래스를 달성한 천재 마법사.

그러나 이 세계에서는 지금 아무런 이력 없는 평범한 회사원에 불과하다.

물론 얼마 전까지만 하더라도 공장을 돌아다니며 전전긍긍하던, 그저 정의감 하나로만 살아가던 젊은 청년이었으나.

지금은 상황이 달라졌다.

'설마 본사로 오게 될 줄이야.'

이건 민철도 예상하지 못했다.

도안에게서 전화가 걸려왔을 때에는 그냥 가벼운 마음으로 받자는 생각으로 통화 버튼을 눌렀다.

그러나 이후에 들은 대화 내용이 너무나도 충격적이었다.

한경배 회장에게 잘 보인 탓에 본사로 보금자리를 옮기게 되었다니.

'세상 참 살다 보면 별의별 일도 다 있군.'

아직 이 세계에 대해 자세히 모르는 도안이었기에 민철은 도안의 이사와 더불어 원룸 계약, 그리고 지하철 이용 등을 알려주기 위해 주말 이틀을 전부 그에게 투자하고 말았다.

물론 체린의 불평불만을 감수해야 했던 것도 사실이다.

요즘 부쩍 결혼 이야기를 자주 언급하는 그녀인데, 자신을 위해서 주말을 투자하지 않았다는 사실 하나만으로도 쓴소리를 들어야 하는 입장이 되어버린 것이다.

그건 그렇다 치더라도.

"요즘 MBS에서 들려온 대답은 어떠한가요?"

"…글쎄요. 아직까지는 잘……."

"그렇군요. 가급적이면 이 세계 마법에 정통한 사람을 한 번쯤은 만나보고 싶었는데 말입니다."

"아직까지는 타 세계에서 건너온 도안 씨를 의심하는 세력들이 많아서요. 그래도 걱정하지 마시길. 조만간 성사될지도 모릅니다."

"하하, 기대하고 있겠습니다!"

마법이라는 단어가 나오자마자 도안의 얼굴이 금세 밝아진다.

마법은 도안을… 아니, 레이너 슈발츠라는 인물을 엘리트로 만들어줬던 일종의 수단과도 같다.

그런데 이 세계에서는 마법을 아무리 잘 사용해도 인정해주지 않는다.

오히려 사법고시에 합격하거나 아니면 좋은 집안과 배경을 가지고 태어난, 소위 말해서 '금수저'라는 신분이 되지 않고서는 결코 대접받거나 출세할 수 없다.

도안의 입장에서는 실로 매우 답답한 심정일 수도 있지만, 그래도 지금은 많이 적응되었다.

더러 마법이 필요한 순간도 있기에 현실에 어느 정도 수긍

하며 사는 데에 익숙해졌기 때문이다.

물론, 자신이 마법을 통해 타인을 도와줬다는 사실을 그 사람들에게는 알려선 안 된다.

그게 민철이 강조했던 MBS의 철칙이기도 했기 때문이다.

이 세계 사람들이 마법의 존재에 대해 믿지 않는단 것을 잘 알기에 도안도 별다른 의심 없이 민철의 말을 받아들였다.

그게 민철로서는 천만다행이기도 했다.

'대책이 필요하긴 하겠군.'

도안이 본사로 오게 되면, 앞으로 골치 아픈 일들이 꽤나 많이 생길 것이다.

일단은 우선 MBS라는 허상의 집단에 대한 믿음을 도안에게 심어줄 필요가 있다.

'어쩔 수 없지. 그 사람의 도움을 빌리는 수밖에.'

민철이 아껴두었던 비장의 카드를 사용할 때가 되었다.

도안이 본사에 출근하기까지 남은 기간은 대략 1주일.

그전에 민철은 어느 한 인물을 만나기로 약속을 잡았다.

카페에서 시원한 딸기요거트 스무디 한 잔을 음미하던 찰나에, 민철이 호출했던 자가 피곤한 기색을 보이며 모습을 드러낸다.

"민철아, 잘 지냈냐?"

"예, 형도 잘 지내… 시진 못하는 거 같군요."

"하하, 티가 많이 나냐?"

"네. 얼굴에 다크서클이 제대로 자리 잡았습니다."

"그러면 곤란한데."

판타지 작가로 이름을 널리 알리기 시작한 남자, 최수민이 어색하게 웃으면서 맞은편에 자리를 잡는다.

"저번에 만났던 그 여성분과는 지속적으로 좋은 만남 가지고 계십니까?"

"뭐… 일단은. 아직까진 계속 좋은 만남 유지하고 있으니까 별다른 문제 없이 잘 만나고 있다 해도 무방하겠지?"

"하하하, 좋은 현상입니다."

"그래, 이번에는 또 무슨 일로 날 부른 거냐."

이쯤 되면 수민도 눈치를 챌 수 있었다.

민철이 또 자신의 도움을 필요로 한다는 것을 말이다.

"그냥 좀… 만나서 연기를 해주실 상대방이 필요하게 되었습니다."

"일개 판타지 작가한테 뭐가 그리 많은 볼일이 있냐, 너는. 홍보팀이 판타지 작가를 필요로 한단 이야기는 전대미문인데?"

"업무 관련은 아닙니다. 그냥 사적인 일 관련이지요."

"사적인 일?"

"실은 말입니다……."

수민의 도움이 필요한 일, 그리고 그가 만나줬으면 하는 사람에 대해 천천히 설명하기 시작하는 민철.

도안이 레디너스 대륙에서 건너온 레이너 슈발츠란 존재라는 정보만 빼고, 나머지는 이실직고를 한다.

"…그러니까."

어느 새 종업원이 가져온 아이스 아메리카노를 한 모금 들이켠 수민이가 민철에게 들은 말을 정리해 본다.

"마법에 대해서 가상의 설정을 짜고, 그에 대해 네가 알려준 그… 도안?"

"예, 맞습니다."

"그래. 도안 씨한테 이것저것 설명하면 된다 이거지? 그것도 마치 이 현실 세계에 '실존하는' 듯한 뉘앙스로?"

이 무슨 말도 안 되는 제안이란 말인가.

그러나 확실히.

어째서 다른 누구도 아닌 수민의 도움을 필요로 하는지에 대해서는 여과 없이 납득할 수 있었다.

"하기사. 이런 일이라면 판무협 작가가 필요하긴 하지."

"도와주실 수 있겠습니까? 형님."

"음……."

잠시 고민하던 수민이 한숨을 푹 내쉬며 말한다.

"왜 이런 연극을 하는지에 대해선 나중에 꼭 설명을 듣고 싶지만, 지금 당장 급한 일부터 해결하는 게 순서상으론 맞겠지."

"그럼……."

"알았다, 알았어. 도와주마. 너한테 빚진 것도 있으니까."

이렇게 해서 MBS 사기단(?)이 결성되는 순간이었다.

*　　*　　*

원룸 이사를 마친 도안.

그의 스마트폰이 낯선 자의 번호를 나타내기 시작한다.

"누구지?"

등록되어 있지 않은 번호는 스팸일 가능성이 크다고 심곡 지점 식구들에게서 들은 적이 있다.

특히나 070으로 시작되는 번호들 말이다.

그러나 이 번호는 070으로 시작되는 번호가 아니다.

개인 스마트폰으로 누군가가 자신에게 전화를 걸어왔음을 깨닫게 된다.

"일단 받아볼까."

그래도 일부러 자신에게 전화까지 걸어줬는데, 무시하는 건 예의가 아닐 거라 판단했기에 통화 버튼을 누르는 도안.

그러자 중저음의 목소리가 그의 귓가를 자극한다.

─레이너 슈발츠 씨입니까?

"……!"

자신의 본명을 아는 사람은 민철밖에 없다.

그러나 민철이라면 일부러 자신의 전화번호 목록에 등록되어 있지 않은 스마트폰을 굳이 연락할 필요도 없었을 것이다.

게다가 목소리도 다른 사람이다.

"당신은 누구지?"

—이민철 씨에게 소개받으셨을 겁니다.

이윽고 남자가 중대한 단어를 입으로 거론하기 시작한다.

—MBS라고 말입니다.

"M…BS!!"

기다리고 기다리던 MBS의 연락이다!

현대 시대에서 유일하게 마법이라는 존재를 알고 있는 집단.

도안에게선 꼭 필요한 집단이라고 할 수 있다.

마법으로 레디너스 대륙에서 이름을 날렸던 도안 아니겠는가. 분명 9클래스를 마스터한 그의 마력이라면 MBS에서도 관심을 보일 거라고 예상했기 때문이다.

물론 민철에게 들은 바로는, 이 세계에서는 레벨 개념을 사용하고 있다는 말을 이미 들은 바가 있다.

그렇다면 자신의 레벨은 어느 정도 될까? 그리고 이 세계의 마법사들은 어느 수준까지 마법을 연구한 것일까?

혹은 얼마나 다른 시스템을 갖추고 있는 것일까?

그런 무한한 학구적인 궁금증을 자극하는 게 바로 MBS라

할 수 있다.

—당신을 한번 만나보고자 합니다.

"저를… 말입니까?"

—예. 이민철 씨에게 들었지만, 다른 차원에서 넘어왔다는 이야기에 대해선 아직까지 긴가민가하거든요. 저희 학계에서도 차원 이동에 관한 학설은 꾸준히 나오고 있지만, 실현된 적은 한 번도 없습니다.

"그, 그렇군요."

어찌 보면 이들의 말이 맞을지도 모른다.

9클래스 마스터를 한 도안조차도 막상 차원 이동을 당하고 났을 때에도 이들과 같은 태도였으니 말이다.

—일단 한번 만나보고 이야기합시다. 장소는 문자로 보내 드리죠.

"네, 알겠습니다!"

드디어 그가 기다리고 기다리던 MBS와의 만남이 성사되었다.

도안은 청진그룹 본사 특별 채용보다도 훨씬 더 날아오를 듯한 그런 기분을 만끽할 수밖에 없었다.

*　　*　　*

공식적으로 총괄기획부 발표도 났기에 민철도 슬슬 홍보

부와 작별의 순간을 준비하고 있었다.

그가 맡고 있던 업무의 인수인계는 대부분 대민이 맡기로 한 탓에 한동안 대민의 머리는 말 그대로 터지기 일보 직전이었다.

"…민철 씨."

그의 어깨 너머로 업무를 인수인계받고 있던 대민이 혀를 내두른다.

"설마 이 많은 일을 지금까지 다 해오신 겁니까?"

대민은 진심으로 민철이 존경스러워질 지경까지 올 수밖에 없었다.

업무량이 많은 건 기본이요, 그 일 하나하나가 홍보부 내에서는 상당히 중요한 업무이기도 했다.

결코 소홀하게 할 수도 없는 업무를 민철은 아무렇지도 않게 추진하고 담당해 왔던 것이다.

게다가 심지어 서 대리가 나감으로 인해 그 업무의 대부분을 또 인수인계받았다.

일이 많은 건 당연할지도 모른다.

"일단은 그렇게 되는군요."

"하하……."

어이가 없을 정도다.

그러나 민철은 오히려 남들보다 빠른 업무 처리 능력을 선보였기에 대민은 그가 사실 별로 업무를 맡지 않은 게 아닐까 하고 예상하고 있었다.

하나 막상 뚜껑을 열어보니 이건 뭐…….

답이 안 보인다.

"나중에 일이 힘들다고 퇴사하면 안 됩니다, 대민 씨. 멋진 남자가 되어서 서 대리님 데리러 가셔야지요."

"그, 그렇긴 하지만… 그래도 이건 좀 심하군요. 으음."

의욕이 단박에 사라질 뻔했던 대민이었으나, 민철은 기지를 발휘해 서미나라는 여자를 다시 한 번 언급함으로써 대민에게 의욕의 불씨를 다시 한 번 되살리게 만들어준다.

사랑은 때때로 위대한 힘을 발휘할 수 있게 만들어준다.

그 힘이 대민을 도와주게 되리라.

…그렇게 생각해도 역시 업무가 많다.

"이 녀석아. 고만 좀 투덜거려라."

구 부장이 대민의 머리를 툭 건드리면서 말한다.

"안 그래도 사람 한 명 더 충원하기로 했으니까."

"오오, 정말입니까?"

"그래. 호수 녀석이 네 부사수로 니 업무 전반을 보좌해 주고, 나머지 막내로 들어오는 사람이 잡무를 담당하면 될 일이지. 인사팀 쪽에 가서 이미 확정받고 왔으니까 걱정하지 마라."

예전부터 인원 확충을 인사팀에 꾸준하게 어필해 온 보람이 이제야 빛을 보게 된 것이다.

"설마 그 새로 충원된다는 사람이……."

민철이 혹시나 하는 마음으로 물어본다.

이번에 본사 특별 채용으로 오게 된 인물이 한 명 있다.

그리고 그 인물을 민철은 너무나도 잘 알고 있다.

때마침.

"오, 여기야. 이쪽으로 오게."

구 부장이 사무실 입구로 들어서는 한 젊은 남자에게 손을 흔들며 호출한다.

터벅터벅.

깔끔한 정장을 갖춰 입은 훤칠한 젊은 청년이 대민과 민철의 앞에 모습을 드러낸다.

혹시나 했지만.

"안녕하세요. 이번에 새로 홍보팀에 합류하게 된 도안이라고 합니다!"

…역시나였다.

*   *   *

호수에게 이것저것 배우기 시작하느라 정신이 없는 도안.

심곡 지점과는 사뭇 다른 업무를 배우느라 애를 먹는 듯해 보이지만, 그는 특정한 학문 분야에서 마스터까지 오른 천재 마법사다.

지금 당장은 적응에 어려워할 뿐이지, 금방 익숙해질 거라는 확신이 드는 민철이었다.

　"저희도 잠시 휴식하죠."

　"네, 부디……."

　대민이 길게 한숨을 토하며 민철의 호의(?)를 받아들인다.

　안 그래도 지나친 업무량 덕분에 토할 정도였는데, 민철이 쉬자고 하면 쉬어야 하지 않겠는가.

　겨우 한숨을 돌리며 자리로 돌아가 쉬기 시작하는 대민.

　그를 잠시 놔두고 휴게실로 향한 민철이 스마트폰을 든다.

　이윽고 어느 한 인물의 연락처를 검색해 통화 버튼을 누른다.

　뚜, 뚜.

　신호음이 이어지기를 얼마 뒤.

　─여보세요.

　민철이 통화하고자 하는 상대방이 전화를 받는다.

　"수민이 형, 접니다."

　─어, 너냐?

　"예. 일은 잘돼가시죠?"

　─안 그래도 마감 덕분에 죽을 맛이다. 어제도 밤새고, 엊그제도 밤새고… 니가 전화하기 전까지는 아침인지도 몰랐다.

　"하하, 그렇군요."

직업에 귀천이 없다고 했던가.

얌전히 앉아서 키보드만 두드리면 될 거 같은 판무협 작가도 마감 지옥이라는 나름의 고충이 기다리고 있었다.

"수민이 형, 저번에 제가 부탁드렸던 그건……."

―아, 그 도안이라는 사람 말이지?

"예, 잘 풀렸나요?"

얼마 전.

민철은 수민으로부터 도안에게 MBS 집단에 관한 거짓 설정을 부탁했다.

그리고 실제로 도안과 만나 그에게 수민이가 MBS에 소속되어 있는 비밀 에이전트인 마냥 연기해 달라는 부탁도 덤으로 한 적이 있다.

실제로 만나기까지 했다는 말까지는 들었지만, 그 결과에 대해서는 상세하게 들은 바가 없다.

―뭐… 대충은. 적당하게 해결했다는 느낌이다.

"어떻습니까?"

―일단 네가 말했던 그 레벨 개념에 보태서 내가 몇 가지 설정을 더했어. 그건 내 판타지 소설 자료를 참고했으니까 나중에 보내주마.

"예, 감사합니다. 나중에 제가 거하게 한턱 쏠게요."

―그래. 그것보다도 그 사람… 중2병이 제대로 확 들었구만. 어떻게 그런 사람이 본사에 채용될 수 있지? 그것도 공채

도 아닌 특채로?

"그러게 말입니다. 하하."

─멀쩡한 나도 떨어졌는데… 역시 글로벌 대기업은 평범한 사람으로선 들어갈 수 없는 곳이란 말인가. 뭔가 깨달음의 시간을 가진 듯한 느낌이더라.

수민의 입장에서는 도안이 중2병처럼 보일지도 모른다.

실제로 마법이 있다 믿고 있고, 자신이 차원을 넘었으며 9클래스 마스터를 달성한 대마법사라고 주장하는데, 누가 중2병이 아니라고 생각하겠는가.

수민도 판무협 작가이긴 하지만 판무협이 허구라는 사실은 이미 잘 알고 있다. 그래서 소설이라고 불리는 것이다.

그럼에도 불구하고 도안은 실제 마법을 부리는 세계가 정말로 있다는 둥, 그리고 자신이 마법사라는 둥 허구적인 발언을 서슴지 않았다.

판무협 작가로서는 그래도 말상대로 심심치 않은 사람이긴 했지만, 그래도 이런 사람이 청진그룹 본사에 채용되었다는 말을 믿을 수가 없었다.

─아무쪼록 재미있는 사람이긴 하니까, 나중에 술 한잔하면서 너하고 같이 자리 한번 만들어보자. 그 사람의 마법 지식은 나로서도 도움이 되거든. 창작 의욕을 불태우게 한다고 할까… 그 사람, 판무협 작가 해도 되겠더만. 하하!

"하하하……."

판무협이 아니라 실제로 존재하는 레디너스 대륙 이야기라는 사실을 수민으로서는 아마 절대로 이해하지 못할 것이다.

그래도 수민이의 상세 설정(?) 덕분에 도안에게는 실제로 MBS라는 집단에 대한 믿음을 심어주게 되었다.

이로서 당분간은 그의 의심을 피할 수 있게 되었지만…….

'또 고차원적 존재들이 무슨 짓을 할지 모르겠군.'

레이너 슈발츠를 이 세계로 소환한 것은 민철이 신과의 만남을 성사시키는 데 방해하고자 하는 세력들의 결과물이라 할 수 있다.

레이폰 더 데스사이드에게 원한을 가지고 있는 레이너 슈발츠라면 필히 그의 발목을 잡아줄 거라고 믿었기 때문이다.

그러나 민철은 도안을 이미 자신의 영향력 아래에 두었다.

만약 고차원적 존재들이 민철의 이런 행보를 실시간으로 모니터링하고 있다면…….

'분명 또 다른 수작을 부리러 오겠지.'

이제부터는 본격적인 사내 정치 싸움이 시작될 것이다.

그 중간 과정에 고차원적 존재들 간의 파벌 싸움까지 개입하게 된다면 민철로서는 상당히 골치 아픈 일이 된다.

가뜩이나 인간들끼리의 정치 싸움도 귀찮아 죽을 지경인데 인간이 아닌 자들의 파벌 싸움까지 신경 써야 하다니.

'고차원적 존재라 하더라도 결국은 시기와 질투, 그리고

권력 싸움에서 벗어날 수 없는 운명인가 보군.'

그렇다면 도대체 인간보다 뭐가 더 우월하길래 고차원적 존재라 불리는 걸까.

민철은 그저 쓴웃음을 지을 수밖에 없었다.

"이런, 너무 늦었군."

자신의 손목시계를 바라보던 민철이 쓴웃음을 지으면서 천천히 발걸음을 옮기기 시작한다.

대민에게 잠시 쉬자고 했지만, 너무 쉬어버리면 그의 나태함이 또다시 발동할지 모른다.

의욕은 넘치나 과도한 업무가 그의 의욕을 다시금 억눌러 버리면 인수인계하는 입장에서도 곤란하기 때문이다.

빠르게 발걸음을 옮기기 시작하는 민철.

바로 그 순간.

"엇……!"

"아!"

때마침 코너를 돌려는 찰나에, 맞은편에서 걸어오는 젊은 여성과 부딪칠 뻔한 민철이 빠르게 선회하며 여성과의 충돌을 방지한다.

"괜찮습니까?"

부딪치진 않았지만 그래도 여성이 놀라진 않았는지 선심을 발휘하는 민철.

그러나 그때.

그 여성이 민철을 놀라게 만들 법한 발언을 터뜨린다.

"한순간도 방심하지 않는 태도, 마음에 드네요. 그 태도에 합격점을 드리죠."

".하하, 감사합……."

"레이폰 더 데스사이드."

"……!"

늘상 감정을 겉으로 드러내지 않던 민철의 미간이 급격하게 일그러지기 시작한다.

제8장

시동

"그 조심성은 여전하군요, 레이폰 더 데스사이드."

"……!"

순간 민철의 표정이 일그러지기 시작한다.

자신의 본명을 아는 자는 이 세계에서 오로지 단 한 명, 레디너스 대륙에서 온 레이너 슈발츠밖에 없다.

물론 그건 인간 한정으로.

하지만 알고 있는 자를 인간이라는 범주로 제한하지 않는다면…….

민철의 원래 진명을 알고 있는 자가 기하급수적으로 늘어난다.

바로 고차원적 존재!

하나 그것은 섣부른 판단이 될 수 있다. 고차원적 존재는 지금까지 정지된 세계와 함께 자신의 앞에 모습을 드러냈다.

아니, 사실상 모습을 드러낸 것도 아니다.

투명체밖에 본 적이 없었으니 말이다.

그래서 사실 고차원적 존재의 실제 모습을 민철 또한 본 적은 없다고 표현하는 게 더 정확할 것이다.

게다가 레이너 슈발츠의 경우도 있다.

레디너스 대륙에서 차원을 이동해 온 케이스도 있는데, 그의 경우가 또 발생하지 말라는 법이 어디 있겠는가.

"넌 누구지?"

민철의 오른손에 강한 마나의 기운이 응집된다. 회사 내부라서 그런지 풍부한 마나는 없지만, 그래도 3클래스 파이어볼 정도는 생성할 수 있을 법한 마나량은 모을 수 있었다.

"이런, 갑자기 그렇게 경계라니. 나쁜 남자시군요."

여성의 입가에 미소가 번진다.

그러나.

결코 보는 사람의 기분을 좋게 만드는 그런 미소라고 보기에는 매우 힘들다.

오히려.

제3자에게 섬뜩한 느낌을 선사해 주는 부류의 미소였다.

굳이 표현하자면 '마녀의 미소' 혹은 '악마의 미소'라는 단어를 사용하고 싶은 게 민철의 솔직한 심정이기도 하다.

"전 그저 평범한 여성이에요."

"평범한 여성이 내 본명을 알고 있진 않지."

"어머, 그런가요?"

장난 끼 가득한 미소가 민철을 불안하게 만든다.

언제나 포커페이스, 그리고 마이페이스를 유지하는 민철 아니겠나. 그러나 그를 이렇게까지 당황하게 만들 줄 아는 인물은 드물다 할 수 있다.

'도대체 누구지.'

머릿속으로는 아무리 생각해도 자신의 진명을 아는 사람을 찾기 힘들다. 결국, 레이너 슈발츠와 같이 대륙에서 넘어온 사람이거나 아니면······.

고차원적 존재뿐이다.

민철은 얼마 전.

인간의 모습으로 조우했던 고차원적 존재를 알고 있다.

"설마······."

얼마 전에 흔적도 없이 갑자기 모습을 감춘 존재.

바로 안내 데스크 여성이다.

"잘 추리하시네요, 레이폰."

"고차원적 존재인가? 하지만 그때 당시에는 분명 갑자기 예고도 없이 모습을 감췄었는데, 이제야 나타난 이유가 뭐지?"

"글쎄요. 그에 대한 해답은 레이폰······."

"이민철이다."

"실례했군요. 민철 씨도 잘 알고 있으리라 생각하는데요."

"……."

민철은 이 여성의 이름을 전혀 모른다.

그러나 목에 걸려 있는 명찰표에는 이렇게 적혀 있다.

추화연 사원.

경영지원팀.

"오늘부터 한예지 양을 대신해서 잡무를… 아니, 막내 역할을 수행할 인간 여성이 되었답니다."

"다른 고차원적 존재의 감시망을 피하기 위해 직접 인간으로 둔갑한 건가?"

"일단은요."

"하하……."

어이가 없다.

설마 고차원적 존재가 스스로 하등 생물이라 생각하는 인간이 되어 나타나다니.

민철로서는 사실 예상하지 못했다.

"말 그대로 타락 천사로군."

"타락 천사라, 나쁘지 않은 단어네."

옅은 미소를 지어 보이는 고차원적 존재였다.

인간이 되면서까지 굳이 인간계의 감시자라는 지위를 유지해야 할 필요가 있던 것일까.

하기사.

생각을 해보면 이 여자는 애초에 안내 데스크 여성으로 둔 갑해 있었다. 그런데 지금은 왜 정식으로 이름이 있는 인간으로 민철의 앞에 나타난 것일까.

두 입장의 차이는?

그리고 다른 여성으로서 나타는 이유는?

여러모로 묻고 싶은 것투성이지만, 화연은 그저 수수께끼가 가득한 미소를 지어 보이며 이렇게 말한다.

"지금 당장은 많은 걸 설명할 수 없으니까요. 나중에 시간을 내어 따로 말씀드리도록 하죠."

"다른 고차원적 존재가 감시하기라도 하는 건가?"

"아니요."

화연이 눈웃음을 지으며 자신이 들고 있는 USB 포트를 가리킨다.

"사실 심부름 중이었거든요."

"……."

제아무리 고차원적 존재라 하더라도 회사 업무에서 벗어나기는 힘든 모양인가 보다.

* * *

"추화연 씨요?"

총괄기획팀이 발표된 이후.

요즘 들어 부쩍 예지와 만남을 자주 가지게 된 민철은 슬쩍 그녀에게 추화연이란 인물에 대해 묻는다.

혹시나 아는 게 있나 싶어서.

"글쎄요. 최근 들어온 신입분이라는 사실은 알고 있는데… 혹시 아시는 분인가요?"

"아니요. 그냥 얼마 전에 우연히 마주쳐서 물어본 것뿐입니다."

"그렇군요. 나중에 정식으로 만날 자리를 주선해 드릴까요?"

"그 정도까지는 아닙니다."

예지도 모른다면 굳이 대화의 깊이를 심도 있게 진행할 필요까진 없다.

"그나저나 보직 이동 준비는 슬슬 잘되어갑니까?"

"네… 저야 뭐 사실 그다지 많은 할 일을 맡고 있던 게 아니니까요. 대다수가 잡무예요."

"하하, 그렇군요."

"민철 씨는 중요한 업무를 꽤나 많이 맡으셨다고 들었는데, 인수인계를 대민 씨가 받는 거죠?"

"네."

"대민 씨도 힘드시겠네요."

예지의 말 그대로다. 실제로 대민은 진지하게 '회사를 관둘까……' 라는 고민 상담을 민철에게 해온 적이 있기 때문이다.

여기서 대민이 회사를 관두게 된다면 홍보부는 폭삭 망한 다 해도 과언이 아니다.

그래서 일단은 너무 무리가 가지 않게끔 유 실장이 살짝 업 무 부담을 덜어주기 위해 어느 정도 일을 할당해 갔다.

물론 유 실장도 그때 당시에는 엄청 투덜거리긴 했지만, 대 민이 관두게 된다면 더더욱 많은 업무가 몰려올 것이란 생각 때문인지 얌전하게 그 제안을 받아들이게 되었다.

당분간 대민, 그리고 유 실장이 주 업무를 맡게 된다면 홍 보부도 어찌 저찌 굴러갈 수는 있을 것이다.

이제 중요한 것은.

바로 민철이 새롭게 보금자리를 틀 부서다.

"조만간 사전 미팅이 있을 거라고 들었습니다."

"네. 조성민 실장님하고 서기남 주임님, 그리고 저하고 민 철 씨… 아, 황고수 부장님까지 해서 5명이서 단합 겸 술자리 를 가지기로 했어요."

하지만 그전에.

중요한 이벤트가 하나 도사리고 있다.

"한경배 회장님의 복귀, 축하드립니다."

민철이 작은 목소리를 유지하며 예지에게 축하 메시지를 보낸다. 비록 회사 내부에서 이제 그녀의 실제 지위를 알고 있는 사람들이 기하급수적으로 늘어났다고는 하나, 그렇다 하더라도 회장의 손녀딸이라는 것을 공연하게 드러내는 걸 본인도, 그리고 한경배 회장도 싫어하기에 이렇게 조심스러운 태도를 취할 수밖에 없었다.

민철의 말에 예지가 살짝 미소를 머금는다.

"고마워요. 할아버지… 아니, 회장님도 기뻐하실 거예요."

"하하하, 저 같은 일개 사원의 축하 메시지로 기뻐하실 거란 생각은 들지 않는군요."

말은 그렇게 해도 민철 스스로도 충분히 한경배 회장에게 자신의 존재감을 많이 어필시켰다고 생각하는 중이다

무엇보다도 한경배 회장과 가까운 서진구 회장 대리에게 능력을 인정받지 않았는가.

그렇다면 분명 한경배 회장의 귀에도 민철에 대한 일화가 알게 모르게 전해졌을 것이다.

차근차근히 이 회사를 차지해 간다.

어차피 한예지는 청진그룹이라는 거대한 자본주의의 상징을 떠맡기에는 역량이 부족한 여성이다.

그렇다면 분명 한경배 회장은 능력 있는 다른 후계자를 찾을 가능성이 크다. 물론 예지에게도 어느 정도 적당히 회사 지분을 남겨주고 말이다.

*　　　*　　　*

대한민국의 모든 경제 관련 언론 매체들은 때 아닌 특종거

리를 잡기 위해 현재 청진그룹 강당에 옹기종기 모이기 시작하고 있었다.

바로 한경배 회장의 복귀 발표가 기다리고 있기 때문이다.

세간에는 오늘 한경배 회장의 복귀 발표를 가리켜 이런 단어를 사용하고 있다.

왕의 귀환!

청진그룹을 일으킨 신화 같은 존재가 다시금 청진그룹으로 돌아오게 되었다.

본래 한경배 회장이 복귀하면서 서진구는 자연스럽게 자신이 운영하고 있던 고아원으로 다시 돌아갈까 했지만, 총괄기획부가 제대로 자리를 잡기 전까지 당분간은 한경배 회장의 수발을 들기로 했다.

기자들이 잔뜩 몰려 있는 강당 내부에서 차 실장이 무대로 모습을 드러낸다.

"인사팀의 차원소 실장이라고 합니다. 반갑습니다."

짝짝짝!!

카메라맨들과 더불어 기자들이 이제는 익숙한 얼굴, 차 실장의 모습에 박수를 보내준다.

특별한 행사, 혹은 공식적인 이벤트가 있으면 늘상 이렇게 차 실장이 사회 겸 진행을 맡게 된다. 인사팀 실장이라는 본업이 있음에도 이렇게 부업(?)을 뛰곤 한다.

차 실장이 시끌벅적한 장내를 진정시키면서 손짓을 보내

자, 기다렸다는 듯이 한경배 회장을 호위하는 보디가드들이 그를 데리고 무대 위에 서기 시작한다.

천천히 무대 위로 오르는 한경배 회장.

더불어…….

그의 뒤를 따르는 한 명의 아리따운 여성이 보인다.

바로 소문만 무성하던 회장의 손녀딸, 한예지였다.

"저 사람이……."

"한경배 회장의 손녀딸!!"

오늘 있을 공식적인 무대에서는 정식으로 한경배 회장의 손녀딸을 언론에 비추는 것과 더불어 크게 두 가지 뉴스를 전하고자 하는 목적이 있다.

한경배 회장의 대변인으로 나선 차 실장이 목소리를 가다듬으며 말한다.

"우선 한경배 회장님께서 정식으로 다시 회장직에 복귀하신다는 건 다들 들어서 알고 계실 겁니다. 그와 더불어 회장님께서 추진하고 계시던 또 하나의 프로젝트를 공식적으로 외부에 발표하고자 합니다."

잠시 목을 가다듬은 차 실장이 목소리에 힘을 실으며 두 번째 발표를 낭독한다.

"청진그룹의 새로운 시스템으로 자리 잡을 총괄기획부 창설을 발표하고자 합니다."

총괄기획부!

한경배 회장이 직접 추진한 창설 부서이기도 하기에 세간의 이목이 집중되기 시작한다.

"다른 부서들의 경계를 넘나들며 전반적인 업무의 관리, 그리고 기획을 담당하게 될 부서입니다. 아직까지는 제대로 된 업무가 정립되지 않았지만, 시행착오를 거쳐 정식으로 자리를 잡게 된다면, 분명 회사 내에 좋은 효과를 가져올 것이리라 생각됩니다."

차 실장의 말은 번듯해 보이긴 하지만.

기자들의 생각은 달랐다.

"…이상입니다. 그럼 질문 시간을 가지도록 하죠."

차 실장의 말이 끝나자마자 신라일보의 최서인 기자가 손을 든다.

"총괄기획부는 분명 다른 부서의 경계를 넘나들며 말 그대로 모든 부서의 업무를 총괄한다는 목적으로 창설되었다고 말씀하셨습니다만, 만약 그렇게 된다면 업무상에 혼선을 가져올 수 있지 않을까요?"

청진그룹은 이제 대한민국의 기업이 아닌 전 세계가 주목하는 글로벌 대기업으로 성장했다.

그런 회사 내에서 새로운 시스템이 도입된다는 사실은 경제, 경영 관련 기자들에게 색다른 화제가 되고 있었다.

하지만 기자의 시선에서 보자면 총괄기획부의 존재는 사실 아리송하다 볼 수 있다.

이것은 즉.

"한경배 회장님의 세력을 좀 더 굳건하게 하기 위한 정치적인 장치가 아닐까 생각합니다만."

직설적으로 자신의 의견을 말하는 최 기자.

순간 차 실장의 미간이 찡그려지지만, 놀라운 건 한경배 회장의 다음 발언이었다.

"허허. 젊은 기자가 안목이 좋군요."

한경배 회장이 너털웃음을 터뜨리며 말을 이어간다.

"그렇게 생각하셔도 좋습니다."

"……!"

한 치도 숨김이 없는 한경배 회장의 인정으로 인해 기자들은 순간적으로 직감할 수 있었다.

총괄기획부의 창설. 그것은…….

사내 정치의 본격적인 싸움을 알리는 신호탄과도 마찬가지였음을.

『회사원 마스터』 6권에 계속…

초대형 24시 만화방

신간 100%, 샤워실, 흡연실, 수면실(침대석), 커플석, 세탁기 완비

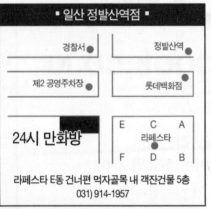
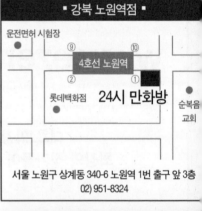
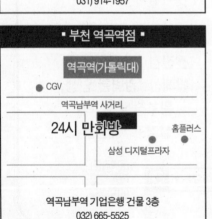

FUSION FANTASTIC STORY

미더라 장편 소설

ODD LAWYER

Devil's Balance

괴짜 변호사
악마의 저울

『즐거운 인생』 미더라 작가의
2015년 대작!

현직 변호사, 형사, 프로파일러, 범죄심리학 전문가 자문으로
현장의 생생함을 그대로 담아낸 현대 판타지!

『괴짜 변호사 : 악마의 저울』

"제가 왜 한 번도 패소한 적이 없는 줄 아십니까?"

"……"

"저는 법으로만 싸우지 않거든요."

법의 칼날 위에서 춤추는 자들과의
치열한 공방이 펼쳐진다!

PERFECT GAME 퍼펙트 게임

박선우 장편 소설
FUSION FANTASTIC STORY

고통과 좌절의 시간들을 뛰어넘어
불사조처럼 일어나 세계를 제패한 사나이의 일대기.

대한민국을 넘어 메이저리그를 평정하며
명예의 전당에 헌정된 언터처블 투수, 이강찬.

강철 같은 어깨에서 뿜어져 나오는 그의 패스트볼은
무적이었으며 야구계에 길이 남을 **신화**였다.

야구만을 사랑했던 고독한 사나이.
그의 퍼펙트게임이 이제 시작된다!

x

Book Publishing CHUNGEORAM

유행이 아닌 자유추구 -
WWW.chungeoram.com

박선우 장편 소설
FUSION FANTASTIC STORY

PERFECT GAME
퍼펙트 게임

고통과 좌절의 시간들을 뛰어넘어
불사조처럼 일어나 세계를 제패한 사나이의 일대기.

대한민국을 넘어 메이저리그를 평정하며
명예의 전당에 헌정된 언터처블 투수, 이강찬.

강철 같은 어깨에서 뿜어져 나오는 그의 패스트볼은
무적이었으며 야구계에 길이 남을 신화였다.

야구만을 사랑했던 고독한 사나이.
그의 퍼펙트게임이 이제 시작된다!

Book Publishing CHUNGEORAM

가프 장편 소설

관상왕의
1번룸

FUSION FANTASTIC STORY

거대한 도시의 그늘에서 벌어지는
짜릿하고 통쾌한 이야기!

『관상왕의 1번룸』

텐프로의 진상 처리 담당, 홍 부장.
절망적인 삶의 끝에서 만난 남국의 바다는
그를 새로운 인생으로 인도하는데…….

쾌락을 원하는 거부, 성공에 목마른 사업가,
그리고 실패로 절망한 사람들이여.

여기, 관상왕의 1번룸으로 오라!

Book Publishing CHUNGEORAM

현대 소환술사

THE MODERN SUMMONER

FUSION FANTASTIC STORY

현윤 퓨전 판타지 소설

하늘이 무너져도 솟아날 구멍은 있다!

드래곤의 실험으로 모진 고난을 겪어야 했던 레비로식
우여곡절 끝에 소환술사가 되어 최강의 자리에 오르지만
운명은 그를 나락으로 떨어뜨린다.

『현대 소환술사』

다시 한 번 주어진 삶!
그러나 그마저도 암울하기 그지없는데…….

소환술사 레비로스의
인생 역전이 시작된다!

Book Publishing CHUNGEORAM

유행이 아닌 자유추구 -
WWW.chungeoram.com